もうひとつのモンテレッジォの物語

内田洋子

Yoko Uchida

方丈社

目次

Capitolo 1

初めてモンテレッジォ村に行ったときのこと

二〇一七年の夏、何をしていたのだろう。『本の生まれた村』（『モンテレッジォ 小さな村の旅する本屋の物語』連載時のタイトル）の連載を始めて、ようやく第二章を出稿したばかりだった。二月にネタになりそうなモンテレッジォ村の話を耳にして、村の紹介サイトを見つけて連絡し、対応してくれたジャコモとマッシミリアーノのおかげで現地を訪問はできたものの手持ちの材料がない。日本に帰る前に猪突《ちょとつ》

EROICI
DEI
CHE DA QUESTE MONTAGNE
TRASSERO ORIGINE ED ISPIRAZIONE

猛進《もうしん》で現地へ行ってみたものの、村は文字通り空《から》だった。「今、村へ行っても、誰もいないから」と、あらかじめ念を押されてはいたが、同行してくれた人達と私、村の入り口で会った熊のようなグリエルモ、数名の老いた村人達、おいしいピッツァを作って出してくれたバールの店主のティツィアーノしか本当にいなかった。人がいないので、暮らしの動線がない。

これは、書きようがないかも。

〈おいしいご飯をいっしょに食べて、楽しく日曜日を過ごしました。おしまい〉

日記なら、そう書くところだろう。

どこかに行っても、メモはほとんど取らない。ポストイット代わりに写真を撮っている。ときおり数字はメモすることもあるけれど、重要な数字なら後でも調べられるものだ。初めての場所でも、行く前にあまり資料をあたったりしない。人に会うときは、失敬のない程度に著作などを読んでおくこともあるけれど、たいていは待ち合わせの住所だけ

を手に行く。初めて見聞きするときの印象が肝心で、メモを見なくても心に留めておくことがあればその方が重要、と思うからだ。

モンテレッジォ村に関しては、そもそも資料がなかった。行く前からものになるのかどうかはわからないので、まずは自分で現地に行ってみることにした。風景写真の数枚でも撮り、村のことを教えてくれたヴェネツィアの書店主ベルトーニさんに報告できれば、それで十分なのかもしれない。

いざ山の中の石畳だけの閑散とした村に着いてみて、ううむ、となった。そのときのポストイット写真を見ると、

〈困惑〉〈メモのしようがない〉様子がありありだ。

うつむいて歩いていたのだろうか。やたら足元の写真が多い。

いつも初めての場所に行くとき、もしここに自分が家を持つなら、という空想の住まいに目星を付けてみる。現場に近親感を持てるような気がするからだ。モンテレッジォ村でも、私ならここに住みたい、という家を見つ

けて写真を撮っている。廃屋。平屋。ひと間か二間かも。独りなのだから、それで十分。窓は必要。日当たりもよくないと。

限界集落だというのに周囲の建物はきちんと手入れがしてあり、たとえ山奥でもそういう家は高値に違いない、という印象だったからあえて廃屋を選んでみたのである（もちろん買うつもりで探すのだ）。

この家かしらね、と私が言うとマッシミリアーノが、

「なかなかいいけれど、所有者を探すのに手間取るでしょうね。何軒かお勧めがありますよ。僕もやっと家を手に入れて、修復が終わったばかりなのです」

あれです、と外から見せてくれた。

イタリアでも日本でも景勝地のホテルでは、〈海が見えるサイド〉〈都会サイド〈道に面していて騒々しい〉〉など、窓からの借景が謳《うた》い文句になっていることが多い。モンテレッジォ村で不動産を紹介するのは、セールスポイントが難しそうだ。全方位が山だからである。この村では、何が家選びのポイントになるのだろう。

〈私ならここかしらね〉
と言ってみたのは、同行してくれたジャコモやマッシミリアーノへの社交辞令だったわけだけれど、会う人がいつも二人か三人だけ、というところで実際に暮らすとなればさすがにためらうだろう。人と会って話していくら、が仕事の私にとって、この村に暮らす

ともっぱらの話し相手は自分だけ、ということになるのではないか。自分と向き合う準備がまだできていない。

表へ出て山に囲まれ、家に入ってまた山に囲まれる。

想像してみて、ああこれは、と思いあたった。

〈島と同じではないの！〉

私は島が好きだ。着くのも発つのも、船が要る。着いたら着いたで、閉ざされた空間での暮らしにはさまざまな制約がある。人間関係も難しい。どこにいても人間関係は各様にやっかいなのだけれど、島は閉ざされているのでよくも悪くも凝縮され、実に濃厚だ。

訳《わけ》あって六年間の船上生活をしたことがあり、島との縁は深かった。モンテレッジォ村を島として考えてみることにした。そうすると暮らし方や考え方もわかりやすいのかもしれない。

〈陸の孤島、とも言うことだし〉

しかし、そう単純なことではなかった。通ううちに、陸は陸で海は海、ということをだんだんと思い知ることになっていく。

Capitolo 2

栗の粉を水で練るには技が必要

教会と塔。周囲三六〇度の緑は、すべて栗の木々！

「初めての場所に行くとき、どのように取材しますか？」

よく尋ねられる。マスコミの同業者であっても、出版社や新聞社に所属している社員記者とフリーランスの記者とでは、仕事の仕方が異なる。

フリーランスの記者でも、依頼を受けてから取材に出る場合と自主的に動くときとでは、さらに異なる組み立てになる。私の場合は、たいてい後者だ。

自営の通信社（写真と記事を日本のマスコミに売っている）なので、ネタの揃えが会社のブランドとなる。誰にも知られていないネタをどこよりも先に掘り出し、記事にして売ることが商売の肝心要だ。有名な事件を後追いする方法もあるけれど、自分がニュースに加工して世に出せる頃にはすでに旬が終わってしまっている。せっかちなので、耳にしたら後先考えずに

まず走る。私は疑り深いところがあり（職業病だ）、自分で確かめてみるまでは信じない。

モンテレッジォ村は、まさにそういう〈聞いた、走った、見た、驚いた、書いた〉の典型的なネタだった。いつもと違ったのは、行く先が古代だったり中世だったり、至近でも第二次世界大戦あたりだったりしたことである。

話を戻そう。未知の町へ行くとまず、土地の人達と食卓を共にする。

「これを食べると、気持ちがね、小学校の夏休みに飛ぶんだよ」

言われて出された村の料理は、

悪いけれど、極上というわけではなかった。手で捏《こ》ねたのが明白な、不揃《ふぞろ》いの小さな塊《かたまり》は灰色がかった茶色をしている。イタリアには市販されている乾麺だけでも、常時四〇〇種余りのパスタがあるとされている。手打ちパスタも入れると、料理好きの数だけの種類があるだろう。

現存するほとんどのパスタを食べてきた、とひそかな自信があったが（あるときマスコミにほとほと嫌気が差してしまい、きっぱり辞めて、十数年ほどイタリア全土を回りながら農業に従事していたことがあった）、これは初めてだった。

栗の粉を水で練って丸めただけのニョッキは寂しい外見だったが、ひと口嚙《か》み締《し》めると、どうだろう⁉

じわりと甘く、噛むとほんのり塩味がする。ころんとした塊の表面が塩茹《ゆ》でしたときにやや溶け、本体にとろりと絡まっている。噛めば噛むほど栗の味が奥の方から滲《し》み出てくる。

周囲に栗の木、口の中に栗の粉。

皿の上に残った栗ニョッキから溶け出た粉とオイルを、ちぎったパンで拭《ぬぐ》う。それだけでも十分に滋味深い味だった。無駄なものを省いたあとに残るのは、核心だ。料理もその通りだろう。栗の粉と水と塩だけで作った簡素な料理は、相当の自信がないと出せないはず。

モンテレッジォ村の人達のこの揺るぎない確信は、単なる唯我独尊《ゆいがどくそん》なのか。あるいは、頑固《がんこ》な純朴者なのか。

肉や魚どころか、野菜すら栗の粉のニョッキには合わされていなかったのに、食べ終えると実に福々とした気持ちになった。

「幸せになるでしょう？　栗のニョッキ！」

シンプルであればあるほど、どこにでも誰とでもいつでも溶け込めるものだ。記憶に残るのも、凝《こ》ったものではなく単純明快なものだろう。

そうか。モンテレッジォ村の人々は栗なのだ。

イガで防御し内に硬く身を潜《ひそ》めているが、いったん殻《から》を破り外面を剥《む》くと、ほっこりと甘い中身が出てくる。

栗の粉を水で練るには
技が必要

Capitolo 3

聴く人達

本にまとまるまで、いくつもの過程がある。自分のやる気や時間、経済的な事情もさることながら、最も重要なのは、見聞きしたことを話す相手がいるかどうかだと思う。それから、私の場合は締め切り。

日本に帰る二日前に行ったモンテレッジォ村は、ネタとしてこのあとどう転ぶかわからないままだったが、〈掘ればきっと何か出てくる〉という強い印象が残った。それまで見たことがあった離島や鉄道の通っ

ていない辺地とまったく異なったのは、モンテレッジョ村では道の敷石に至るまで丁寧《ていねい》に手入れが行き届き、〈実際には村にいなくても、いる〉という村人達の気配が濃厚に感じられた点だった。

住人は三二人なのに（うち九〇代が四人、新生児が二人。二〇一七年時点）、村の入り口にあるバールは毎日開業している。リグリアの山奥に暮らしたとき、そこは三〇〇名くらいの人口だったがバールはなかった。

「コーヒーなど、家で飲めばいいだろ？」

吝嗇《けち》で有名な土地柄そのものの住人の返事に、異郷へ来たことを実感したものだった。

ところが、モンテレッジョ村のバールはいつも開いている。店は、ティツィアーノとサンドロが交互に引き受けている。

店に入るとすぐ右側に、小さなカウンターがある。二人も並べばいっぱいだ。カウンターを挟《はさ》んで、流し台、端にレジと並ぶ。背後には四人がけのテーブルが四、五卓ほど、ざっと配してある。

店にはいつも客がいる。歩ける人は、時間ができると店に寄る。バールであって、バールでない。そこは居間であり、会議室であり、待合室、遊戯所、荷物預かり所、交番だった。医者も銀行も薬局も学校もない村で、寄り合う場はライフラインも兼ねている。数百

DS 832BJ

年に渡っての付き合いだ。人間関係は密接だろうが、難しいこともあるだろう。

プレスの効いたシャツの袖口を定規で計ったように等幅に折り返し、自家製ピッツァを出してくれたティツィアーノは、私が何か尋ねない限り自分からはひと言も話さない。いるけれどいない、というこの手のタイプの人は、都会のカウンター向こうに多い。冷たいようで、実はいつも待機している。

〈まるで東京やミラノのショットバーに来たみたい〉

私が思わず言うと、そうですか、という目を一瞬こちらに合わせて、

「私は、ミラノから移住してきた者です」

ティツィアーノが訳あり気味に短く答えた。

初めて会ううえに、これからまたミラノにマ

ッシミリアーノ達と帰る間際である。〈いったいなぜ〉〈いつから〉〈ミラノでは何を?〉と、次々に尋ねてみたかったが堪《こら》えた。代わりに、

〈すみませんが、しばらく村に住んでみたいので家探しを手伝ってもらえませんか〉

と言ってみた。バールは、村の情報拠点なのだ。〈求む貸家〉の貼り紙のつもりだった。

おう、と彼は少し驚いたがすぐ、

「わかりました。いくつか心当たりがあります。訊いてみましょう」

〈それでは、ミラノの話はそのときにまた〉

暇乞《いとまご》いのコーヒーを飲み、ミラノへ発った。

ネタになりそうだが、その在り処がまだ見えてこない。そういう状況で、材料について話す相手がいるかどうかで原稿の運命は決まる。

誰に話そうか。

東京に戻って、ある書店員に村のことを話してみた。『本屋大賞』に関わる人で、モンテレッジォというイタリアの山奥の村に同じ趣旨の文学賞がある、ということをぜひ知らせたかったからだ。

私から話を聞くとその人は早速、Premio Bancarella（露天商賞）のサイトを開いてみたという。

「イタリア語なのでよくわかりませんでした。でも知りたい。ぜひ調べて、書いてください！」

高速道路を降りた道角にいたヘミングウェイの顔が浮かぶ。

〈Vai Yoko, vai! (行けヨーコ、行くんだ！)〉

村のことを書いてみてもいいでしょうか、とジャコモとマッシミリアーノにメールで打診すると、間髪を入れずにそう返事が来た。

一行だけの返答は、エールだった。いや、消えゆく村に何かとっかかりができるかもしれない、という彼らの悲願の叫びだった。

〈行け！〉を胸に、話を聞いてくれそうな人を思い浮かべてみる。

そして最初に訪ねたのが、方丈社だった。私は、訪れてきたばかりのモンテレッジォ村

のことを社長と編集者に話し始めた。まだほとんど何も知らないというのに。
それでも二人は、「ほう!」とか「へえ!」と相づちを打ちながら、延々と続く私の報告を丁寧に聞いてくれた。
現地でネタの表面を掠《かす》っただけなので、まだ広く深くは説明できない。しかし話を聞いてもらっているうちに、どの部分をどう調べると話になるのかが見えてくる。心の中でメモする。話を続ける。質問が出る。答えられない。勉強するべき分野が出てくる。聞き役の短い感想から、イタリア屋の自分には明白なことであっても、日本ではあまり認識されていないことがあるのを知る。心の中に留め置く。

私は二時間余り話しに話し、二人はただひたすら聞いてくれた。

「連載で行きましょう」

本にするために。

本を売る人達、読む人達、作る人達に勇気を出してもらうために。

話し終えた私に、社長が言った。

どうしよう。


二人とは喜色満面《きしょくまんめん》で別れたものの、帰路の電車内でうつむいた。心に留め置いたメモは膨大《ぼうだい》でかつ広範囲だった。

〈行けヨーコ、行くんだ！〉

連載が決まったことを報告すると、あっという間に各地に散らばる村人達に転送され、皆から異口同音に返事があった。

取材し終えるのはいつになるのか、皆目見当は付かない。ならば、同時進行で書いてみよう。締め切りごとにネタが揃《そろ》うのかまったくわからなかったけれど、ＧＯなのだ。

東京で待っていてくれる編集者と社長を起結点に、探検へ出発する気分だった。

Capitolo 4

村のDNA

連載が決まって、喉元《のどもと》に心臓が上がる。五臓六腑《ごぞうろっぷ》がフツフツと音を立てるような感じ。肝を据《す》えて、とはよく言ったものだ。

実際にモンテレッジォ村を訪れるまでは、さまざまな家族の歴史を並列に書いて〈同時進行で読む、あるイタリアの歴史〉という構成にすればよいのではないか、と漠然《ばくぜん》と考えていた。本を主軸にした、村人達の物語。大きなショッピングモールに並ぶ個々の店の品々をひとつずつ見ていく感じ、というか。

ところが実際に行ってみると、村人達の話は十人十色でもちろん興味深いのだが、今生きている人達が自慢に思うのは自分達の父であり祖父の個々のエピソードだけではなく、祖先すべての魂だった。毎年春になると家族のために働き、やがて本の行商へと移ったときには、喜ばせようと思う相手に読者と出版社が追加されて、変わらず黙々と働いたことだった。

立身出世した特別なリーダーがいて皆がその後をついていった、ということでもないらしかった。村人はまとまって協力し合い、世代が代わっても迷うことなく本を売り歩き続けた。モンテレッジォ村のＤＮＡと考えようか。『種の起源』を思う。過去にはさまざまな植生があった周囲の山々は、現在は栗が単種で植生している。土壌や気候との相性、運、同種だけで生存していく楽さと難しさを想像する。長い時間の流れの中でみれば、昆虫も植物も牛馬も、そして人間も世界を作る要素のひとつだ。植物は水と太陽に合わせ、微生物や昆虫、動物が生態系を作る。そして人間。この地で生きるということの根源を探れば、モンテレッジォ村の人達の骨肉を成すものがわかるのではないか。

直接に会って話せる相手はごく限られている。でもそれだから、よりわかりやすいのかもしれない。会える人こそ、この地のエキスだと思お

う。

　事件が起こって取材する、というこれまでの方法ではなく、まるで植物や鉱物、動物、気象の調査員の気持ちになった。環境調査のような、あるいは考古学の遺跡発掘のような。あるときはルーペで微に入り細に入り、またあるときは目を閉じて指先で触れるだけ。山頂から眼下を見回してみよう。これは、歴史という樹海に分け入っていく探検だ。

　瞬時の印象をメモするとその言葉で感想が固定してしま

うかも、と写真を撮った。子供達と会うかもしれないので、インスタントカメラも用意した。イタリアでも、今の子達は昭和っぽいモノに弱い。会ってその場で撮り合い、すぐに写真が出てくる。余白に日付とひと言を書いて相手にプレゼントする（渡す前に、インスタントカメラで撮った写真をさらにデジタルカメラで記録しておくけれど）。するとお互い、撮影したときのことはけっして忘れないものだ。今なのにもう〈昔〉になってしまった、今日の出会いのことを。

名刺入れに入るサイズなのが軽妙で、取材資料としてまた最高だ。

「次に村にいらっしゃるときは、うちのアルバムをぜひご覧ください」

バールの店外に出したテーブルに陣取り、朝から前を通る子供達と撮影ごっこをしているのを隣席からずっとニコニコと見ていた、セルジョが言った。ジャコ

モの父で、九〇歳。彼ひとりで、三章分くらいの話が聞けそうだった。モンテレッジォ村初心者の私には、まだハードルが高過ぎる。

夏の本祭り頃にぜひ！

記念に夫人と並んでもらい、写真を撮った。

「私の話もなかなか面白いのよ」

ジャコモの母が、写されながらそう言った。

たしかに。同じ歴史でも、男から見た版と女版がある。

Capitolo 5

ヴェルディが守ったこと

　仕事柄、交通手段を見つけて切符を購入したり、宿の手配をしたりするのは日常茶飯のこと。アクセスがよい場所に行くときは、まず行きの電車だけ手配して後は到着してから探すことが多い

　さて、モンテレッジォ村。山の奥。車で行くと楽々だが、距離感を実感しにくい。地形も掴《つか》めない。大きな農地から高い山々へとひと続きの風景に見えて、土地ごとの風土の違いを感じられないままに境を越えてしまう。電車やバスの時刻に拘束されないという便利さと引き換えに、見逃してしまう要素は多い。小さなニュアンスや細部にこそ、ヒントが隠れていることが多い。本を担いで北上した村人達が見た風景を味わうには、自分も同じように歩いてみるといいのではないか。

「無理でしょう。ほとんどが獣道になっていますからね」

張り切る私をマッシミリアーノは笑った。村から栗の木々の間を這《は》い上り、道なき道を毎日走っている彼は、栗の棚卸《たなおろし》ができるのではないかと思うくらいに山々の状況を把握《はあく》している。両親は村に住まなかった。村から北上していく途中にある町で、取次や出版社を興した五人組を先祖に持つマッシミリアーノは、その町ピアチェンツァで生まれて育った。

偶然だが、私も二十数年前にピアチェンツァ郊外の荘園領主の元領地に建つ田舎家に暮らしたことがあった。ミラノから車で一時間とかからないのに、大自然が広がり、イタリアの中でも最も温和で朗らかな気質だとされる人々が暮らす土地である。地名はあるものの人家は数軒しかなく、広大なピアチェンツァ一帯のこと、マッシミリアーノに私が住んだ場所を言っても知らないだろう、と思っていた。

「もちろん知っていますよ！　じゃあ仲間ですね！」

息を吐く間も惜しいように、次々と郷土料理の名前を挙げ始めた。味覚の故郷が同じだと、それだけで大きく安堵する。主義主張まで同じような気がするのが面白い。

「それでもやはり、僕の味蕾《みらい》はモンテレッジォの素朴な料理です」

マッシミリアーノは、ミラノに出て大学では法学を勉強した。弁護士資格を有する。けれども、ミラノの弁護士に多い、論法では常に先手を打ち相手に隙《すき》を見せない、あの独特な尖《とが》った感じが彼には少しもない。仕事は何を、と問うと、

「〈ヴェルディの家〉で働いています」
言われてびっくりした。難関のミラノ国立大学法学部を出て、競合の多い法曹関係の生え抜きかと想像していたからだ。モンテレッジォの村興しのために民間企業から協賛金を得たり運営したりするのは簡単ではなく、長《た》けた人間力と管理能力が必要なはずだ。それをほぼ一人で担っていると聞いていたので、あるいは広告代理店などで働いているのかと考えていた。

ヴェルディ!? あの音楽の?

「たまたま募集がある、と聞きましてね」

受けたら、採用された。管財やさまざまな契約の管理を任されている。

〈ヴェルディの家〉は、ミラノの中央にある。

ジュゼッペ・ヴェルディは音楽家としてだけではなく、朗々と雄大な音楽で民心をまとめて、イタリアがひとつの国家となるよう導いた功労者でもある。ピアチェンツァ市の近くにあるレ・ロンコーレという小さな村で生まれた。父は農業に従事。ヴェルディの音楽の原点は、この大地を取り巻く自然にある。

イタリアの父、とも呼ばれるヴェルディは、自分の没した後に入る著作権なども含めた遺産で、家族に恵まれなかった音楽関係者のために終焉《しゅうえん》の住処《すみか》と病院を建てるよう言い残した。自身が幼子と妻を病気で次々と失い、どん底の悲しみを味わっている。音楽に身を捧げて、家庭を築かずに老いる人は多い。ヴェルディは、孤り取り残された者の哀しみを彼らが愛した音楽で労《ねぎら》い看送ってやろう、と考えたのかもしれない。それが〈ヴェルディの家〉である。

中庭の緑の影に包まれた屋内へ入ると、二百年前に飛ぶ。板敷きの温かみのあるコンサートホールは、声楽や楽器演奏の練習所や礼拝堂も兼ねている。建物は廊下続きで、隠居

した音楽家達の個室や大道具を作る部屋、衣装部屋、食堂、談話室、遊戯室と並び、ヴェルディ博物館を階下に控え病棟へと続く。丁寧に手入れのされた中庭があり、花壇向こうに霊廟《れいびょう》が見える。ヴェルディと後添えの妻が祀《まつ》られている。コンサートホールの演奏や歌声は館内を粛々《しゅくしゅく》と流れ、中庭に舞い、霊廟へと静かに下りていく。

音楽を愛する人達の憩いの空間であり、またその思いが墓参りのようにヴェルディにも届く。

豊穣の大地は、イタリアの心意気だ。ヴェルディは自分の生きて得た悲喜こもごもを、音楽を通して世の中へ還元した

のだろう。得たものを分かつ。苦しいこともうれしいことも。

そういう大地をモンテレッジォ村の人達は耕し、枯れたらそこへ根を張ろうとし、あるいは自分の足で踏みしめて乗り越え、各地へ行った。より多くの人達と知り合うために。

「ミラノから鈍行列車を乗り継いで来てみるといいですよ。旧荘園地帯を縦断しますからね」

マッシミリアーノに勧められて、ミラノから電車に乗った。帰りの切符も宿も取らずに。

鈍行列車はよく揺れた。ミラノを出て少し走ると、車窓からの風景は絵を貼ったように変わらない。停車駅ごとに、乗り込んでくる客が連れてくる匂いだけが少しずつ違った。乗り続ける人は私の他にはおらず、乗っては降りてが続く。小物を入れたスーパーマーケットのビニール袋や商品名が書かれたナップザックだけを手荷物に、自転車のように電車を使っている。

途中で乗り換えのために降りた駅は、昔から湯治で知られた温泉郷の近くにある。待ち時間が二時間近くもあるので、駅を出て周辺を歩いてみる。

駅舎には、〈温泉バカンス百周年記念〉と題した観光旅行の参加募集のポスターが貼ってある。温泉があるということは火山地帯なのか。土壌がこれだけ豊かなのは、火山灰土とも関係があるのかもしれない。

それなら地震もあるのか、と考えながら、つい最近アペニン山脈の古い村が地震で大きく損壊したことを思い出す。モンテレッジォ村とは山脈続きだ。深い緑を抱いたまま、〈イタリアの背骨〉と呼ばれる山脈がこれまで開かれてこなかった背景を改めて考える。

大地から湯が湧く。イタリアでは、治療目的で〈温泉バカンス〉という有給が認められている。最長一五日間。

そういえば、古代ローマ時代に遡《さかのぼ》っても、イタリアの人達は風呂好きなのだったな。ローマ皇帝達は海を越えてアフリカやギリシャまで、眺めのよい場所に湧く湯の元を探しにいっていた。今は農地となったこの一帯にも、ローマ皇帝に命じられて温泉探しをした者達がやってきたかもしれない。

馬の高い嘶《いなな》きと蹄《ひづめ》の音が聞こえてくるようだ。

人々の心身を癒《いや》し、満たす。

真の滋養を生む大地で、働き歩いた村の人達を思う。

Capitolo 6

小さな町の偉大な文化人

車窓からの眺めは、いろいろな効能を持つ薬だ。見慣れた景色から離れていくとき。戻るとき。初めての風景。月も無い真っ暗な中。

見るともなく見ていると、焦りや不安、いらだちや緊張が次第に落ち着いてくる。

今回、取材に行く先が飛行機でひとっ飛び、車ですぐ、という場所でなかったことがどれほど幸いしただろう。モンテレッジォ村に向かう度に、車中で眠り、ぼうっとし、関係のない本を読み、車内の様子を眺めて、行きがけに買ったパンを食べた。

〈ゆっくり急げ〉

何度も反芻《はんすう》した。

東京で世話になった編集者が、生前よく口にしていたのを思い出す。

時事報道が仕事で、事件や事故、暴露的なスクープの取材ばかりを続けてきた。ニュースを誰より速く知

ELENCO NOMINATIVO

り伝えるためには、移動や通達手段に時間をかけるなど、もってのほかだった。

ところが、モンテレッジォ村はどうだろう。

「いつでもまたいらっしゃい。私達はずっとここにいますから」

会った人達は皆、帰り際にそう声をかけてくれるのだった。

その日ミラノ中央駅から出て鈍行列車を乗り継いで向かった先は、初めての町だった。Villafranca（ヴィッラフランカ）。〈フランクな（自由、自在、解き放たれた）町〉なのか、あるいは古にフランク族が侵攻してきたときにできた町なのか。名詞と形容詞だけを並べた、没個性の地名だ。

自由な町、か。

かつて町が一つの独立国家だった頃、町から町への往来も簡単ではなかった。地名が固有名詞ではないということから、領土と領土の間にある白抜きの区域を想像する。どちらでもないところ。個性がぶつかり合う中、小休止できるような場所。流れる川のような。

鈍行列車は山裾《やますそ》を縫って走る。行っても行っても山で、ときどき干上がったマグラ川の石だらけの河原の上を通っていく。いくつもの中洲があるほど広い川幅で日当たりもよいのに、川沿いは空地のままになっている。数年前の山からの鉄砲水でモンテレッジォ村への道が断たれていたと聞いたが、この一帯も山崩れが繰り返し起きてきたのかもしれない。列車は行く。

とうとうヴィッラフランカに着いた。列車から降りたのは、私一人だった。プラットフォームに、ジャコモが迎えにきてくれている。横に若い女性が立っている。黒いミニ丈のワンピースから、よく日灼《ひや》けした足が健やかに伸びている。

「娘です」

挨拶しなさい、と父親にうながされて一歩前に出たものの、白いキャップを目深に被ったまま消え入るような声で、

「チャオ。……コスタンツァです」

とだけ言うと、またジャコモの脇へ急いで戻った。大いに照れている。

「もう高校生なのに、引っ込み思案でして……」

すまなそうな口ぶりとは裏腹にジャコモはうれしくてならない様子で、笑いながら叱るふりをしている。

ひとり娘のコスタンツァは一六歳になったばかり。高校で課題研究としてモンテレッジォ村の本の行商人の歴史を選び、レポートを書くのだという。

「お邪魔でしょうが、取材に同行させてやっていただけませんか」

白いキャップのツバ下から、大きな黒い瞳で照れながら〈お願いします〉と瞬《まばた》きしている。

東洋の見知らぬ人が、自分の故郷のことを調べにきている。いったいなぜ。どこが面白いのか。何をどう書くのだろう。誰がどんな本に作るのか。読む人がいるかしら。自分の祖先達の話が日本まで行くなんて……。

私がコスタンツァの立場なら、きっとそのように思っただろう。

駅から車で向かったのは、このトスカーナからリグリア、エミリア・ロマーニャの三州に囲まれた広大な一帯、ルニジャーナ地方をよく知る人の家である。前回会ったときに、ここで生まれ育って郷土史に詳しい人に会ってみたい、と私が言ったのを覚えていたジャコモが、「それならば」と、名を挙げた人がいた。ジェルマーノ・カヴァッリさんという。

ヴィッラフランカを入り口とするルニジャーナ一帯は豊かな歴史があるというのに、世の中から忘れられてしまった。一九世紀後半に、一帯の貴重な歴史や文化の証拠や資料、語りが散逸しないように丹念に集めた人がいた。ポントレモリ市生まれの文化人で、マンフレード・ジュリアーニという。ボランティアの若い人達の助けも借りて、郷土の小さな歴史を収集した。それは根気と知性と郷土愛の集大成だった。時代と土地から生まれた思想と哲学の流れを知る重要な研究基盤ともなった。思想史、民俗学、社会学の研究組織は創設者の名を取って〈マンフレード・ジュリアーニ協会〉となり、今で

も郷土の文化を調べ守るための活動を地道に続けている。その現在の代表が、今日これから会うジェルマーノ・カヴァッリさんなのである。
　ヴィッラフランカは、静かで人の少ない町だった。古いけれど大切に住まわれてきた、という印象がある。モンテレッジォ村と雰囲気が似ている。
「同じ領主でしたからね」
　一三世紀には、ここも荘園貴族マラスピーナ家の領地だったのである。ならば

ダンテも訪れたのかもしれない。

　もちろん、もちろん、とジャコモはうれしそうに頷《うなず》いている。

　町は壁に囲まれていて、その入り口で老いた男性が出迎えてくれた。真っ白のシャツに合わせたジーンズの腰が高い。優雅な笑顔で手をすっと差し出し、

「ルニジャーナへようこそいらっしゃいました」

　カヴァッリさんは両手で私の手を包み込んで、恭《うやうや》しく挨拶した。

町の入り口から入るとすぐに、四方を建物で囲まれた広場になっている。カヴァッリさんの家は、その広場の一面を担う建物すべてらしかった。

玄関を入り、階段をたどり、広い居間に案内される。廊下から居間、ちらりと見えた奥の部屋にも、本、本、本、本。居間の壁一面にあるいくつもの窓はすべて、今いた広場に面している。

「広場は、ルニジャーナの歴史を見てきました」

窓際に置いた天鵞絨《びろうど》張りの一人がけのソファにカヴァッリさんは体を沈め、私にその前の椅子《いす》を勧めた。コスタンツァは私のすぐ後ろに座り、ノートを広げている。ジャコモはその隣で小声で、ここがどういう場所で彼がどういう立場の人なのかを娘に一生懸命に説明している。

二時間だったか、あるいはもっとだったかもしれない。モンテレッジォ村を含むルニジャーナという一帯がどれだけ肥沃《ひよく》な土地だったかについて、空から地から、息も吐かずに説明してくれた。壮々とした講釈だった。大きく羽を広げた鷹《たか》の背に乗って悠々と山間を飛び、ロバに連れられて一歩ずつ坂道を上る気持ちだった。

あるときは石や水は負になるが、幸をもたらすことがあるのもカヴァッリさんの話を聞きながらしみじみと感じた。この土地の豊かさは、彼の博識ぶりと高い品性、穏やかな物腰を見るだけで充分にわかった。土地は人なのだ、と改めて思う。

海から陸からのひっきりなしの往来を見て、町の住人達は通行人を見抜く目も養っただろう。行き交いする人々は、貴重な情報と金と商機を持ってくる。

「それを交換したのが、このヴィッラフランカの町だったのです」

窓いっぱいに広がる広場を見る。

モンテレッジォ村には、険しい山があった。向こうのムラッツォ村には、川があった。堰《せ》き止めて、管理して、通す。ところがヴィッラフランカの町は、盆地にある。

〈川越え山越えの難所の前に、ここでのんびりして存分にお金を落としていってもらいましょう〉

広場で市が立った。ヴィッラフランカの町は、今で言うタックスフリーのような役目を果たしたのだった。フランカは、〈自由取引〉の意味だったのか。

市が賑《にぎ》わえば、宿屋もできただろう。ホスピタリティー（もてなし）は、ホステル〈宿〉へと繋がる。そして、ホスピタル〈病院〉へも。繁盛する市には、外から利益だけではなく弊害も入ってきただろう。恐ろしい疫病もそのひとつだった。ヴェネツィアがペストで壊滅的な打撃を受けて滅亡寸前にまで衰退したのも、外からひっきりなしに新参者が往来したからだったろう。

そのうちに一帯の〈もてなし〉〈宿〉〈病院〉〈病い〉についても、歴史を調べてみようか。

先走りする私を笑いながらカヴァッリさんは、

「一帯には、ペストの歴史について記録がないのです。かろうじてコレラ伝染があったような。しかしそれも、社会を抹消《まっしょう》させてしまうような被害は与えなかったらしい」

なぜです？

「ここで採れるものだけを食べる、という代々の粗食のおかげで、病いを跳ね除ける強い体質を作ったのかもしれませんね」

天井まで届く本棚からカヴァッリさんは薄い冊子を抜き取って、

「今日の記念に。この地に興味を持ってくださり、本当にどうもありがとうございます」

再び美しい仕草で私に手渡した。

ざらりとした薄い緑色の表紙には、活版印刷で『栗の文化史』とタイトルがあった。著者は、彼、ジェルマーノ・カヴァッリさんだった。

Capitolo 7

足るを知る

本当に栗の木ばかりなのだった。山の色が変わり、栗の実が降る。

村の人に案内してもらい、山道を歩いた。ところどころに小屋の跡のようなものがある。数本の柱がかろうじて残り、屋根は朽ちてぶら下がっている。

「ここに栗の実や払った枝を集めて、干したり蒸し焼きにしたりしたのです」

イガからはずし皮を剝き、実を取り出す。実はすり潰《つぶ》して粉にする。周囲すべてが栗だけが植生する山なのだから、山麓《さんろく》に機械化した加工工場があってもよさそうだったが、ない。製粉の原材料として栗の実を出荷するための大型の集積所もないのだった。

自分達の使う分だけ山から貰《もら》う。必要以上の栗を取ってまでして儲《もう》けようとはしない。手の届かないところで落ちた実は、動物の餌になったり土に戻ってモンテレッジォ村の滋養となる。足るを知る。

初めて村を訪れると、「こんなに質素なところで、どう暮らすのか。もの足りなくないのか」と、心配になる。ところが何度か通ううちに、あるいは少し暮らしてみると、充足する、ということの本来の意味を実感する。

村人達は、学校もなく病院もなく店もなく銀行もなく、足りないことだらけの生活を送っている。

「なくても困らないように、工夫するようになりますから」

バールで隣り合わせた女性が言う。バスが通っていなくて不便だが、送り迎えのための時間は一日の流れにメリハリが付く。気候の

よい時期には、父親とオートバイで通学する女子高校生。父親の背中にしっかり摑まって、山を下っていく。話はできなくても、父娘が心を通い合わす大切なひと時だ。

週に二回、小型冷蔵トラックが村の広場にやってくる。箱型の荷台の扉を開けると、小さな商店に早変わりだ。野菜から卵、肉魚、パン、乾物、乳製品、缶詰にはじまり、日用品も売る。運転席から車内に移り乗った店主が、一人で肉を切り分け、魚を包み、野菜を量って、衣服を袋に入れる。ないのは本くらいか。品揃えは、山村の暮らしを映す鏡である。

広場の陽溜まりにミニトラックが店開きをすると、人々が三々五々現れる。杖の老人に手を添える子供達。さかんに尻尾を振ってトラックの下で待つ犬。立ち話。次回への注文を告げる人。店主が積んできたスニーカーを試す人。車内には数センチの隙間もない。すべてが何かの商品棚になって

いる。同乗して山々を回ってみたい。

店主は気持ちよさそうに物を売ってい
る。手際よく商売が成り立つのは、客筋も
いいからだ。そうか、この客達は行商の先
輩なのだった、と思い出す。

村人達は店主の手元と目を見ながら、自
分の番が来たら間髪を入れずに上手に声を
かけて注文したり尋ねたりしている。広場
の一角に、露天商の学校を見る思いだった。

これ以上の何が必要だろう。

Capitolo 8

子供達との出会い

一九八一年。私にとって初めてのイタリアは、ナポリだった。暮らしの難度の高い町だった。世知に長けていないと即座に出し抜かれるような土地柄であるうえ、前年、町に壊滅的な被害をもたらした大地震後という非日常の状況の中、移住したこともあっただろう。しかし困難に感じた理由は、何より私自身にあった。二〇歳そこそこだった私は、日本やイタリアという国の違い以前に、そもそも世の中のことがよくわかっていなかったからである。

初めての土地で風習も環境も知らず、知己も当てもない。ナポリの強い方言はもはや他の国の言葉で、日本での大学時代に机上で得た知識など実生活ではほとんど役に立たなかった。

身が竦《すく》む思いを最初に解《ほぐ》してくれたのは、近所の子供達だった。幼い子の限られた語彙《ごい》は、直球の本音だった。痛い、怖い、うれしい、好き、嫌い。こういうときにはそう言うのか。小さくて弱いけれど、敏速で柔軟。隙をよく知っている。手や目の届かないところまで見ようとしなくても、足元や目の前にも観るべきものがたくさんあった。目線を下から上げていくと、それまでとは違う世界に出会ったりした。

ヴェネツィアの離島に暮らしていたときには、市立図書館で幼児向けの読み聞かせに参加する機会があった。幼子と本を入口に、離島が抱えるさまざまな問題や利点を知るきっかけとなり、それはどんな文献や専門家へのインタビューよりも役に立った。

〈読み聞かせで知り合った幼稚園と日本の幼稚園を繋げてみたらどうだろう〉

市立図書館の職員達は私の提案を喜び、日本側でも興味を持ってくれた幼稚園があり、子供達のやりとりが始まった。まだ読み書きのできない就学前の子供達なので、好きに絵を描いてもらい送ることになった。頻度もテーマも方法も決めない自由なやりとりは、穏やかで温かな気持ちの交換となった。

〈同じことをモンテレッジォ村の子供達ともできると楽しいかもしれない〉

村には学校がない。幼稚園や小学校はどこへ通うのか。ジャコモに訊くと、学区の校長を紹介してくれる、とすぐに返事がきた。

取材で縁を得たモンテレッジォ村に、何か役に立つ日本との接点を作りたかった。類似点を持つ村を日本で見つけ出し、姉妹関係を結ぶのはどうだろう。日本のどこかとイタリアのモンテレッジォ村で、交互に展覧会や音楽会、講演会を開くのもいいのかもしれない。山道を犬と連れ立って走る大会に、日本からも参加者を募るとか。山村で家庭料理を味わうツアーを企画にすれば、日本からグルメマニアもやってくるのではないだろうか。モンテレッジォ・ブランドを立ち上げて、Ｔシャツや栗の粉で作ったニョッキ、栗の花の蜂蜜を作ろうか。本屋の村なのだ。日本の書店との関係作りを考えてみるといいのかも。毎夏、村で開催される本祭りに、日本からも出店してもらうとどうだろう……。

いろいろ考えながら、夏の過ぎたモンテレッジォ村を訪ねて歩く。静まり返っている。敷石が夜に吸い込んだ湿気を吐き出して、小道が黒く濡《ぬ》れている。鉄道もバスも通らないこの地に、鳴り物入りで日本を連れてきたらどうなるだろう。白黒の無声映画にカラフルなレーザー光線が錯綜《さくそう》するような光景が浮かぶ。非日常は刺激的かもしれないけれども、いったん催しが終了すれば、日本への関心もそこで立ち消えになるのではないか。強い対比に両国の違いをいっそう感じて、遠い異国のまま距離は縮まらないかもしれない。

時間をかけて普通の生活の中に少しずつ溶け込み、知らないうちに日本からの思いが村の風景の一部になるようなことができないだろうか。

子供達に助けてもらおう。


新学期の始まりを目前にした九月上旬に、モンテレッジォ村も含む、広範囲を担う学校区のマリア・グラツィア・リッチ校長に会いに行った。村人達の本の行商の歴史に心打たれたこと、取材して本にまとめること、せっかくの縁を有用な形で村に残せないか、など話し、これからを担う子供達の力を借りたい、と頼んだ。

参考として、私がヴェネツィアに住んでいたときに関わった離島の幼稚園と日本の幼稚園の交流について話すと、校長はじっと聞いていた。彼女自身もモンテレッジォに近い村の出身だったが、教職に就いてからはミラノへ移り住んだ。定年を間近に控えて、教師としての残りの時間を故郷の教育に捧げたい、と自ら希望して帰郷した。

イタリアでも校長の任は重い。この数年で義務教育の改革が大きく進んだ。人間性を育《はぐく》む場から、生きていくための実務能力の習得に重点を置く機関へと変わってしまった。人として内包する豊かさより、数の大きいことが豊かさの基準となってしまっ

DANTE

SCUOLE COMUNALI

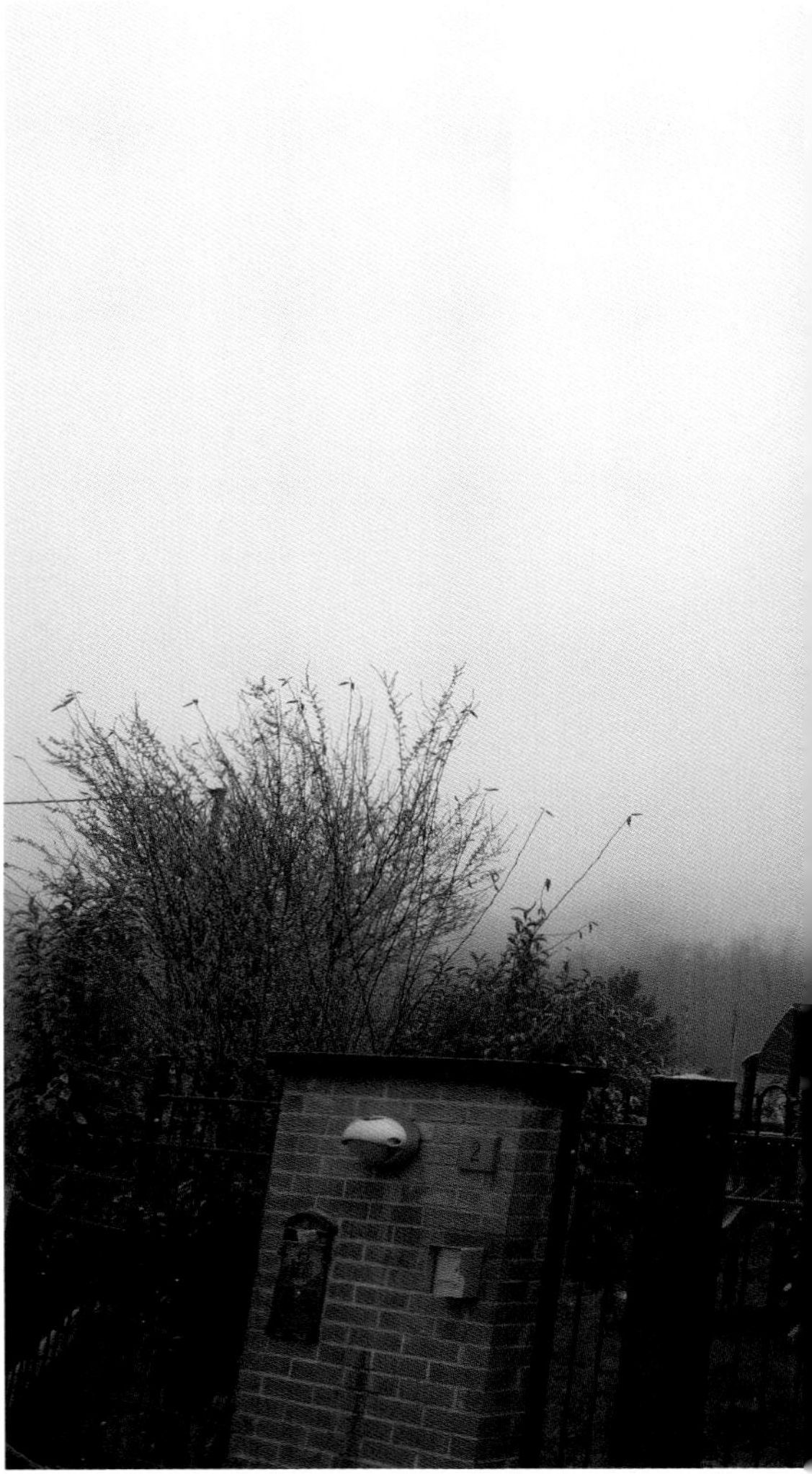

た。法改正のあと、〈校長〉という呼称は使われなくなった。〈学校組織の総合ディレクター〉という新たな呼び方で、誰が校長先生を連想するだろう。

目の前のリッチ校長は、不用に愛想をふりまかず無駄な相槌も打たずに、私の目を見ながら話を聞いていた。

ドギマギする。決められたカリキュラムの枠外で子供達に新しいことを体験させるためには、時間割はもちろんのこと対象となるクラスと指導教師を考え、保護者からの承認を得なければならない。並行して、校区からの審査も受けて認めてもらう必要がある。学校内に部外者を入れる許可取りは、手順が容易ではないだろう。すべては校長の判断次第なのだ。

黙ったままの校長を見ながら、〈無理かな〉と諦《あきら》めかけたとき、

「絵や手紙の交換は、すぐに始めましょう。自分の村からさえ出たことがないような子供達もいますから、遠い外国の子供達との交流は大きな励みになります」

どういう申請書にまとめるかは自分が考えるから、と約束し、

「日本からいらしたあなたが本屋の村について書いているのですから、子供達も自分達の生まれた村の歴史を調べて、本に書けるといいですね」

そうしましょう、本にしましょう、と繰り返し呟《つぶや》いた。

校長の熱意に私も高揚し、気持ちがほころぶ。けれども、今回、文化交流の対象となるのは二年生のクラスだという。昨年に小学校に入学し、やっとアルファベットや数字を習って書けるようになったばかりの七歳児だ。自分の名前、いくつかの単語、短い一文をやっと書けるようになったレベルである。遠く古代ローマ時代まで遡る歴

史を持つ一帯である。人名も難しい。〈紀元前〉とか〈要塞〉とか、〈異教徒〉に〈監視塔〉、〈領主貴族〉も〈皇帝〉も〈教皇〉も出てくる。その先には、〈巡礼の道〉もあれば〈異常気象〉もあるし、〈バチカン図書館〉や〈グーテンベルク〉〈活版印刷〉も続く。〈1足す1は2〉から、いきなりなのだ。歴史の海は深くて波が高い。〈a・b・c〉と七歳の子供達に泳ぎきれるのだろうか。

「だいじょうぶです」

しかし新二年生の学級担任のフランチェスカ先生は、胸を張って言った。

「おまかせしましたよ」

校長は深く頷き返して、早速、書類の準備を始めた。

イタリアの義務教育は、六歳児からの小学校課程の五年間とその後の中学校課程の三年間の合計八年間である。保護者の判断で、五歳児でも一年前倒しして飛び級で小学校へ入ることができる。九月初旬に新学期が始まり、六月初旬で年度が終わる。小学校は土曜日が休みである。

今回、絵の交流に参加することになったのは、二年生一九人と三年生三人、四年生一人の混合クラスで、計二三名である。子供達は、一〇を越える山々の村から通学してくる。イタリアでは小学生の登下校には、保護者が必ず付き添わなくてはならない。校区には、スクールバスどころか便利な公共交通もない。たいてい保護者が自動車かバイクで送ってくるが、中には徒歩の子もいる。山道は平坦ではないし、歩いて楽しい季節は短い。小さな村は、モンテレッジォ村だけではない。連峰の尾根伝いや中腹、山麓にある集落からやってくる。毎日が小さな旅だ。

困窮する家の子もいるという。経済的な問題だけではない。お金ではなく、愛情の欠如している家庭もある。山の奥に一軒家が点在するような環境では、各家庭の内情は外へは伝わりにくい。無意識のうちに、自分の眉や髪の毛を引き抜き続ける子がいる。黙り込んでいる子。笑わない子。人の後ろに隠れてしまう子。中学校を出たら勉強はそれでおしまい、という子もいる。自分がその先どうなるのか、誰も教えてくれない。周囲には、ただ山があるだけだ。店の一軒もない。銀行もない。会社もない。

「大きくなったら何になりたいですか？」

「……」

訊かれて、返事に詰まる。世の中にどういう職業があるのかよく知らないので、答えられない。大きくなると何がどう変わるのかわからないし、自分に何ができるのか考えたことがない。

dell' autunno
STARE BENE A TAVOLA
LA PIRAMIDE ALIMENTARE
I CONSIGLI DI ORSO

同い年の日本の子供達へ絵や手紙を送る、と先生から聞いて、そういう七歳達はキョトンとした。

「ニッポン⁉」

「それは、中国のどのへんにあるのですか？」

「ぼく達、日本に行くのですか」

静かにしましょうね、きちんと座ってよく聴くこと、との先生の注意をよそに、辛抱《しんぼう》しきれずに、皆、椅子から腰を浮かして飛び上がらんばかり。大興奮である。

早速、クリスマスの挨拶として、東京の子供達に絵を描いて送ることになった。すでに決まっている授業日程は変えずに、美術の時間を利用したり家で描いたりした。

「私達が住んでいる場所の景色や好きな友達、美しい草花を紹介しましょう」

子供達は全力投球だった。うれしくてたまらない思いが、画用紙の中で跳ねている。

子供達は、一年生の時に覚えた筆記体で日本へ手紙も書いた。国語の勉強は大変だ。毎日使っている言葉なのだから誰もが話せるけれど、書かれたものを読むとなるとスラスラというわけにはいかない。何を話しているのか聞けばわかるのに、正しい綴《つづ》りで書くのは難しい。ａを書いてｂを書いて、それからｃだっけ？　二年生は、まだそういう国語力である。ペンを握《にぎ》って間もないのだ。

そしてとうとう第一便の絵便りが出発した。生まれて初めて出すエアメイルの宛先が、いきなり遠い日本なのである。「どうかクリスマスに間に合いますように！」

こうして、モンテレッジォ村の子供達と東京の子供達との交流が始まった。

クリスマスに合わせて東京の小学校へ絵を送ってきた山の小学校の子供達に、ぜひ礼を言いに会いに行きたかった。連載のためにちょうど行商人達の個別の資料にあたっていた頃で、その血を受け継ぐ子供達に会って、彼らのご先祖達の話を知ったうれしさとありがたさを伝えたかった。ところが日本に戻っていた私はどうしてもイタリアに行くことがならず、「それならばテレビ電話で話しましょう」ということになった。

日本とイタリアの時差は、八時間である。日本が夜で、イタリアは昼。イタリアで子供達が授業を終えて下校する前を見計らって、私はタブレットから電話をかけた。

黒板の前に、フランチェスカ先生が立っている。大勢の子供達。全員がカチンコチンに緊張しているのが、タブレット越しにも伝わってくる。一人ずつ自己紹介をしてくれる。誰もふざけない。きちんと立って一生懸命に名前を言い、何か言おうとして、でも黙り込む。

私は、素晴らしい絵のお礼を言う。ご先祖の話が本になる報告をする。「そういう村に住んでいるなんて、すごいことです」。

モンテレッジォの近くの山村と日本とで、話をしている。お互いに信じられない。タブレットを持って、真っ暗な窓から日本の夜を見せ、足元の畳の目を見せ、障子《しょうじ》に触れて音を聴かせる。

「とても遠いのに、すぐそばにいるみたい」

本は魔法の絨毯《じゅうたん》のようでしょう!?　と、電話を切った。

L'ARTE
CON

Capitolo 9

子供達が本を作る!

年が明けて学校が始まった頃、

「これから毎週土曜日に課外授業として登校し、いよいよモンテレッジォ村の本屋について子供達も調べ始めることになりました」

颯爽《さっそう》とした声で、担任のフランチェスカ先生から連絡があった。二三人の子供達は二組に分かれて、フランチェスカ先生とジャコモにそれぞれの担当として付いてもらい、村の歴史や社会の変化、モンテレッジォ村の本の行商や暮らしについて説明を受けるのだという。

「毎回、子供達は、新しく調べたことを文字と絵にまとめます。本を作ります!」

驚いた。せっかくの休みの土曜日を返上し早起きしてまで、子供達は学校へ来たいと思うだろうか。山の冬は厳しい。

ところがそれから学年度終了までの五ヵ月間、全員

が一度も休まずに計二〇回の土曜日の課外実習へ通ったのだった。

見聞きしたことを文章に編む。それに合わせて絵を描く。他人の書いたものを写すのではない。自分が物語を書くのだ。頭の中に浮かんだ情景を好きな形と色で創る。

「もっと新しい言葉を入れたい」

「喜ぶ色はこんなふう、悲しいときはこんな色」

名詞だけだった子供達の語彙は増え、動詞や形容詞、副詞、助詞の活用へとどんどん広がっていった。フランチェスカ先生は週中《なか》の通常の授業で新しい言葉を使い子供達の耳に馴染《なじ》ませては、自力で自然に使えるように土台を準備し続けた。毎週新しい言葉が気が付かないうちに増えていき、土曜日が来ると子供達は物知りになった気分で覚えたての言葉を使った。短くて質素な文章に、突然、豪華でちょっと厳《いかめ》しい単語が入り込む。突然、そこにスポットライトが当たるようだった。得意満面。背伸びしてうれしい子がいる。

グループの中には書くのが苦手な子もいる。

「でも絵は大好き！」

「絵は上手くないけれど、色塗りは任せて！」

「僕は他のものはうまく描けないけれど、

人の顔なら上手なんだよ！」

自分の不出来を恥じたり、他の子の苦手をからかったりしない。各人の得意不得意を知り、どうしたら皆で楽しく本を作れるかを考えて、自分達で役割を割り振りしていく。今までひとりで絵を描いていた子が、チームワークで一枚の絵に仕上げていくのがあまりに楽しくて驚いている。

「前よりももっと友達になったの！」

家で母親から四六時ちゅう叱られている子がいる。その子が悪いのではなく、母親のイライラのはけ口にされていると聞いた。いつも悲しそうな顔なのに、土曜日はずっと笑っている。

「空が赤でも黄色でもいいんだよ。思う通りに描いて」

ジャコモもフランチェスカ先生も毎週の説明を済ませると、あとは黙って子供達のそばにいるだけだ。「あれを暗記しなさい」「これは大切なこと」「一〇回繰り返して書くのです」そういうことは、誰も言わない。自分達で考えて、自分にとって大切なことを見つける。

大人の説明を聞き、昔の写真やスライドを見ているだけでは、臨場感が湧かないだろう。それでは外に出てみよう。自分の足と目と耳を使って調べるのだ。

二月に全員でモンテレッジォ村を訪ねることになった。みぞれ混じりの雨が降る寒い日だった。濡れた敷石の上を歩き、井戸で水を飲み、教会にも入った。村の人達が

子供達を迎え出て、それぞれの祖先の話をした。

「イタリアが統一され義務教育制度ができると、祖父はうちの居間を提供し、そこで最初の小学校が生まれました」

ジャコモはそう言って、代々からの家へ子供達を連れて入った。

わあ……。

声にならない声を上げて、皆は立ち尽くした。小さな家の小さな居間。そこへ自分達と同い年の子供達が、三〇人も集まって勉強した。ぎゅうぎゅう詰めだったろう。机は

ない。膝《ひざ》の上に置いた紙に書く。居間の暖炉《だんろ》に焼《く》べるために、子供達は家から木切れを持って登校したという。

「読むことと書くことは、何よりの財産でしたから」

子供達はしんとしている。

村を訪問して、子供達はますます張り切った。どんどん調べる。ジャコモが古いアルバムからコピーしてきた写真を食い入るように見る。何枚の絵に描いても、表し尽くせない。

村人達が本の行商に旅だっ

た春に合わせて、子供達は再び村を訪問した。行商人が旅発つところを自分達で再現してみよう、と思ったからである。

「ご先祖の気持ちを知ることができるかも！」

　村に保存されていた一八〇〇年代に使われていたかごを借り、父母や叔父母、祖父母の洋服を纏《まと》って、鐘《しょう》楼《ろう》の下で妻や子供と別れる場面を演じてみたのである。

　弁当を渡す妻。寂《さみ》しくて泣く子。手を振る老いた母。祖父の助言。父について初めての長旅に出る若い息子……。

　それぞれの役割を演じる前に、七

歳達は照れてうつむいた。

〈妻〉の手を握る〈夫〉なんて! 抱き合って別れを惜しまないとダメなの!?

「大切な家族と別れる場面でしょう? さあさあ、塔の向こう側まで手を繋いで行き、見送ってあげましょうよ」

フランチェスカ先生の助言に、モジモジしながら指先だけでちょっと触れての実演となった。

塔の前の広場のバールから店主ティツィアーノは、子供達がさんざん照れながら再現しているのを笑いながら見ている。泣いている。

「がんばって本を書いてくださいよ」

子供達におやつを出して労った。

「村のことなら何でも調べたい」

土曜日を重ねるうちに、どんどん世界が広がっていった。

〈妻〉が旅に持たせたのは、栗の実を轢《ひ》いた粉だった。あれはどのようにして作るのだろう。

産物は野生の栗の実だけだったモンテレッジォ村では、山に入って栗の実を拾い集めて冬に備えてきた。大切な自給自足の資源だった。見渡す限り山で、山は栗だけの単一植生である。昔から栗拾いはすべて女性の手作業で行われてきた。村の女性だけでは人手が足りず、山の向こうかも手伝いを頼んだという。手間賃は、もちろん栗の現物支給だった。村には昔からの栗の実を焼くための窯《かま》が、まだ現役で残っている。拾った栗から粉に轢くまでを、窯のある家の人が見せてくれることになった。

「食べてごらん」

子供達は天日干《てんぴぼ》しでイガがはずれた栗をもらい、生のまま口に放り込む。

「甘い！」

知らなかった味覚に驚く子供達に、

「生栗をひとつ、口に入れて、ずっと噛んでいたのよ。噛めば噛むほど味が出るでしょう？」

窯主の女性の説明に、皆、感心して聞き入っている。平地がなく農作物を持たない地に暮らし、山に入って野生の栗の実を拾い集め、イガをはずし、焼いて皮を剥き、轢いて粉にする。ある子の祖母が、栗の粉を水で捏ねて小さくちぎりニョッキを作った。同じ生地を薄く伸ばして乾かしたパンも作った。どちらも保存食である。

「本の行商先にも必ず携えていったの」

子供達にもお馴染みの郷土料理である。それまで何も知らずに口にしていた食べ物の向こうに、長い歴史があったことを知る。

そして、とうとう本が出来上がった。

子供達は絵と手紙を書いたことをきっかけに、自分達の歴史を調べ始めた。村

の行商人達は本といっしょに子供達の好奇心もかごに入れて、時を超えた旅に連れ出したのである。

村のこと、家族のこと、友達のことを紹介することは、自分を知ることだ。何もないと思っていた自分達の村に唯一無二の歴史があり、どんな人にも豊かな物語があることを知ったのである。

それは、自信と希望の発見だった。

Capitolo 10

小さくて大きなライバル

子供を見ていると、人生の復習予習をするような気持ちになる。まだそれほど多くない語彙で、核心を突くことを言う。稚気《ちき》が真実を言い当てることは多い。先入観の無い視点は、純粋な価値を見抜く。子供達が読み書きを学んでいくうちに、核心の先が少しずつ丸まって、代わりに狙《ねら》う範囲が広くなる。いいような、悪いような。

モンテレッジォ村には学校がない。近隣の山々の村も同様の状況だ。いくつかの山をまとめて学校区を作り、ひとつの学校へ山々から子供達が集まってくる。一人しかいない村もある。山の奥の一軒家からやってくる子もいる。

山々の代表が一堂に会して、勉強が始まる。イタリアの小学校は、五年間教育だ。六歳で入学して一〇歳で卒業していく。全員が同じ中学に上がるとは限らない。保護者の都合で、山が変わる子もいる。五年間で

ERGROUND

得た友達は、一生の土台を作る。幼い子からしっかりした上級生までが、一人として仲間はずれを作らずにまとまっている。
　フランチェスカ先生は、美しい人だ。長身で、まっすぐの黒髪をそのまま背に流している。何より、優しいのに厳しい。正しく、真面目で、でも笑い上戸《じょうご》で、感激屋だ。
　日本の小学校と交流しませんか、と私が提案した途端、目をまん丸に見開いて〈もちろん!〉という顔をした。キラキラしたあの目をけっして忘れないだろう。
　同じ目で子供達の発言を熱心に聞

き、うれしそうに頷いてから、

「まったくその通りですよね！　ミケーレ、面白いことに気が付いたのですね！」

感心する。

子供達はいつも、フランチェスカ先生のキラキラする目を見たい。先生は、よいことはどんな小さなことでも見逃さずに褒《ほ》め、ちょっとこれは、という残念な出来事は厳しく手短に注意をし、しかし長くは立ち止まらずに次へと進む。


連載終了後いくつかの章を書き下ろし写真も脱稿してすぐ、私は山の小学校を訪れた。日本からテレビ電話で話をしたきり、子供達とはまだ直接に会ったことがなかった。

三月なのに、数日前からみぞれが降りやまない。ジャコモが仕事を休んで、小学校の近くの山麓へ迎えに来てくれた。バール兼エノテカ前で待ち合わせた。夏が終わると近隣に

あるいくつかの宿は、すべて閉まってしまう。モンテレッジォ村の人達が留守宅を使ってくれていいから、と声をかけてくれたが丁寧に辞退した。「山は冷え込みが厳しいので、この天候では二日ほど前から暖めておかないと凍りますよ」と、ジャコモが教えてくれたからだった。

夏でもないし独りなので、テントを張って野宿するわけにもいかない。そういうときはどうするか。

近くに食堂か酒店はないか、尋ねた。簡単に宿が見つ

からない場所でも、バールか食堂の一軒はあるものだ。僻地で飲み食いして、運転できなくなる客がいる。お忍びであえて人里離れたところで食事をし、そのまま週末の夜を過ごす二人連れもいる。冬の夜の運転は危ない。勘定を払い、「今晩、貸してもらえる部屋はありますか」で、鍵を受け取る。私が泊まったのも、そういう料理が美味しくて粋な店だった。

昨年の暮れに日本からのテレビ電話でヴァーチャル訪問したあの学校が、子供達が、先生がリアルにそこにいる。

山の学校だし、限界集落の子供達が集まるような環境だ。古くて小さな平屋の建物を想像していたが、来てみるとガラス張りの斬新なデザインの正面玄関に迎えられた。吹き抜けの玄関口は広々と明るく掃除が行き届いて、天井までの高い壁一面には無数の絵が展示されている。

ジャコモといっしょに教室に入ると、四六のキラキラした目がいっせいにこちらを向いて、

autunno

「ボンジョルノ！」

あっ、ヨーコだヨーコだ、ニッポンだ、チャオ、ワオ、やったー、ようこそ！

ピイチクと小鳥がさえずるように、呟きが広がる。

こんにちは、と挨拶し終わらないうちに、あちこちで「はい！」「はい！」「はい！」と、手が挙がる。誰よりも高く上げようとして、立ち上がろうとする男の子もいる。

クリクリと目を動かしながら、女の子が教壇まで走り出てきて花束をくれる。

「今朝、うちの庭に咲いた花です」

椿と冬バラ。棘《とげ》が丁寧に取り除い

てある。三、四本の花は、女の子の手のうちに入るくらいの長さに切ってある。そうっと二本指で摘《つ》み上げるようにして、小さな花束を受け取った。じいっと私の手元を見ている女の子。せっかくだから、胸に付けましょう。

「皆、今日をどれほど楽しみに待っていたか！」

フランチェスカ先生が次々と生徒を当てていく。皆、初めて見るニッポン人に訊いてみたいことが山ほどあるのだ。

「日本では椅子には座らないのですか。どうやって座るのですか」

私は急いで、机と机の間に正座して見せる。

わあ。

「足は痛くならないの？」

「何が好きですか」

「東京ってどんな町ですか」

「小説家になりたいです。どうしたらいいの？」


一時間ずっと質問に答えても、まだ足りない。先ほどから手がこそばい。ふと見ると、私が卓上に置いた左手の甲を、最前列よりさらに前に出てきた子が机の下から精一杯に手を伸ばし

て、小さな人指し指でずっとトントントントンと突《つつ》いているのだった。机の下に入ってしまうくらいの小さな男の子は、前髪を一直線に切り揃え耳の上をきれいに剃り上げている。

　はい、では君。何が訊きたいのですか？

「一三八六年に日本ではどういう服を着ていましたか」

　大きな声で一気に言った。

　レオ。まだ五歳で小学校には上がっていないけれど、「日本からヨーコが来る」のだから、兄に手を引かれて特別に登校したのだという。ずっと自分に順番が回ってくるのを待っていて、やっと質問できてあまりにうれしくて目が潤《うる》んでいる。

　なぜ具体的な年を出して、質問するのだろうか。

　レオは、兄がこの数ヵ月、土曜日も学校に通って一心不乱に絵を書いたり、父母の古着を着てお芝居の練習をしたりするのを見てきた。「ずっと昔に山の村で起きたことを、皆で調べてまとめているんだよ」と、兄から聞いた。絵に描く子供達もいれば、その話を劇にして演じる子達もいるらしい。

レオは羨《うらや》ましくてしょうがない。まだ読み書きができないので、兄やその級友達が話すのを必死で聞いている。

自分達が住む山の村から、本をかごに入れて遠くの町まで届けにいった行商人達がいたという。

「おじいちゃんのまたおじいちゃん、そのおばちゃんやおじちゃんの話なんだから」

行ったことのない外国の町の話、イタリアの遠くの町での出来事、本屋になった村人達。本を書く日本人が、山の村の本の行商人達のことも書き、小学校に来るという。

レオは、村のことが自慢でならない。

「ではヨーコ、一八三二年の日本ではどういうものを食べていましたか？」

年号は村の足跡だ。村の足跡を辿《たど》ると、今の自分達の暮らしがある。

フランチェスカ先生は、まだ学校には来ていないレオの絵も皆が描いた絵の中に入れた。

出来上がった絵を抱えて、ジャコモはあちこちの出版社を回った。そして一冊の本になったのである。その話を聞きつけて、地元の新聞がジャコモをインタビューして記事にした。その記事を読んだ南部イタリアの港町が、「ぜひ名誉招待客として参加を」と、夏の本の祭典〈古い町の本〉に招待した。

突然の朗報に山は湧いた。

大きなバスを借りて、山から南部へ夜通し走っての参加となった。電車の通っていない山から海へ。行く途中に、けっして一人では簡単に行けない南部内陸の町も通っていった。

そして、本の祭典へ。美しい港町の夏の夜、舞台に上がった子供達を市長が歓待して、子供達が創った本を賞賛した。

家族の歴史が世界に繋がる。

誇らしい思いは、一冊の本が子供達とその家族に贈った宝物である。そしてその宝物が、〈国際文学テザウルス・コンクール〉の〈未来への才能〉部門でも、なんと最優秀賞を受賞することになった。

Capitolo 11

日本にモンテレッジォがやってきた

ちょうど栗の実を拾い集めるようだった。栗の木に新芽が付き始める春も浅い頃にモンテレッジォ村を初めて訪問し、山の奥の道を辿り、初夏の近隣の町村を訪ね、深い緑に囲まれた本祭りを楽しみ、真夏の夜、広場に並べたテーブルに着いて村の人々と夜更けまで話し、初秋にかけて資料を読み、現存する各地の書店を回るうちに、栗は実を付け、山が枯れてまた冬がやって来た。

栗に併走されるように、少しずつ村のことと本が運ばれていった歴史を知った。連載を重ねて一冊の本にまとめる。柔らかい小さな新芽から、硬くて尖った皮を纏った実を成し、その実が粉になって村の人々の滋養へと変わるのと同じだと思った。

「それで、いつ頃が味わいどきなのですか？」

取材もいよいよ締め括《くく》りに近づいた頃、ジャコモが

ED
16702

唐突に尋ねた。何のことかと思ったら、

「日本に行くのは、どの季節がお勧めでしょうか」

迎える二〇一八年に、ジャコモ夫妻は結婚二〇周年を迎えるのだという。

「せっかくこうしてできた縁ですので、結婚記念に日本に行きたいのです」

それならやはり桜の時期ではないかしら、と返事をした。「もうすぐ取材も終わるのでしょう？　本はいつ頃、刊行されるのですか」

本文を書き上げれば、あと

は参考文献の一覧が残るだけだ。

〈わかりました。それなら、桜に合わせて本を出してもらいましょう。ジャコモさん、ぜひ奥さんといっしょに本が書店に並ぶのを見にいらしてください〉

桜の中、新刊が出るのはとても華やかでうれしいことだ。日本では、新年度の始まりにも重なる。ジャコモに返事をしながらうららかな気分になったが、イタリアからとても離れた日本への旅はそれほど容易《たやす》いことではないだろう。お互いに夢として楽しんで喋《しゃべ》り、引き出しの奥へしまい込んだ。

年末を控えたある日、ジャコモから電話があった。

「では、春に行きます！」

日本に。そして、

「総勢一〇人で行きます。村を代表して、あなたの書いた本が並ぶところを見たい。モンテレッジォ村の皆の気持ちを届け、お祝いしたいのです」

一〇人のうち子供が四人いるという。小学生、中学生、高校生二人。学校を休んでくるという。六人の大人達も、仕事を休む。そう何度もないことだから、一度日本について話をしてくれないか、とジャコモが言った。もちろん！

村で待ち合わせをすることになった。参加者のうち村に住んでいるのはアレッシアという高校生になったばかりの女の子一人で、あとは他所の町に住んでいる。各地からアレッシアの家に集まって、食卓を囲みながら日本の話をした。

アレッシアの両親は、ハムや栗の粉で焼いた薄焼きパン、地酒で次々ともてなしながらニコニコしている。アレッシアには小学生の弟がいる。家族四人でぜひ参加したいが、仕事もあるし、遠いし、諸般の事情もある。

「残念ながら、皆揃っては行けません。それならば、日本への旅がこれから一番、意味を持つだろう娘に行かせてやりたいのです」

　自分は行けないが、大人に混じってひと言も聞き漏《も》らすまいという顔の小さな弟と目が合った。私が村の人達の手を借りて歴史を旅したように、アレッシアも本がきっかけで日本を訪ね、彼女の目を通してこの少年に遠い異国の話が伝わるのだ。そう思うと、ヴェネツィアの古書店から始まった不思議な縁の行方に胸がいっぱいになった。

　春刊行が実現すれば、モンテレッジォが日本にやってくる。

　そう決まってからが、実に楽しかった。ヨーロッパ共同体の国籍を持つ人達は、ヨーロ

ッパ内の旅行にはパスポートは不要だ。日本に来るとなれば、パスポートから作らなければならない。いっぽう日本では、担当編集者が桜の開花予想を睨《にら》みながら刊行日を決め、装丁や印刷、配本の段取りを組んだ。目の前に迫っているのに、総ページ数も体裁もわからず苦労しただろう。

　花見に日本を訪れる観光客は多く、すでにホテルはどこも満室である。一〇人全員が一ヵ所でまとまって投宿するのは、難しいだろう。

「ホテル探しは僕達でします」

　ジャコモは少しも動じず、翌日には早速、「見つかりました！」と、報告があった。都心から離れたところだろう、とホテル名を見て驚いた。東京、神田の神保町の真ん中にあるホテルだったからである。

　初めての日本である。あれこれ口を挟むのは控えて、村の皆が思うように組み立てればいい。旅程の中でどこかの書店に立ち寄ることがあれば、そこにモンテレッジォ村についてまとめた私の本が置いてあるかもしれない。それで十分。

　そう思っていたので、ホテルの候補地区や旅程の提案もしなかった。それなのに一行が選んできたのは、本の町、神保町のホテルだったのである。

　やはり本の行商人の子孫だから本

の町を選んだのか、とジャコモに問うと、

「え？〈本の町〉ですって!?」

知らずに選んでいた。東京の中央に泊りたかったのだという。〈本の露店や書店を開くのは、町中の便利なところに限る〉とは、村の行商人達が伝えてきた商売の鉄則だった。それにならったかのような選択だった。


村の一〇人の英断のおかげで私の連載はまとまり、春に単行本となって刊行されることになった。タイトルはなかなか決まらなかった。イタリアものの本には、どうしてもイタリアと直結する名称や物の名前、装丁が要求されるものだ。

イタリアという総称のもとにまとめる内容ではないように思った。取材で知ったのは、イタリア半島の中の小さな村から外に向かって旅していった人達の、小さくて、大きな歴史である。家族の歴史が重なり、世界の歴史の礎を成した。本の披露に立ち会うために、モンテレッジォ村から代表一〇人が来てくれる。本が彼らを日本で歓待するようなタイト

ルにしてはどうか。
〈イタリア〉ではなく〈モンテレッジオ〉とタイトルに入れることにしたのは、村を動かしてきた本への敬意と本を運んだ村人達への謝意を表したかったからだった。
イタリアでもほとんど知られていないモンテレッジォ村が、日本の本の背表紙に載る。本を翼に、村が空を飛ぶように見えた。

成田から神保町に直行し、荷物を置いてすぐに版元を訪ねた。方丈社は神保町交差点からすぐのところにある。ホテルから、歩いてモンテレッジォがやってきた。

編集部の中央のテーブルを、一〇人がぐるりと囲んだ。刷り上がったばかりの本が積み上げられている。

それまでタイトルも装丁も知らされていなかった村の皆は、表紙が栗の木の山中にあるモンテレッジォ村の全景になっているのを見て、黙り込んだ。イタリア語でも記載してもらったタイトルに、

〈モンテレッジォ〉の名前が踊る。

「インクレディービレ《信じられない》!!……」

信じられない光景は、それからの彼らの滞在一週間のうちにいくつもあった。

書店を訪ねると、モンテレッジォの本がコーナーに鎮座して、あるいはアイランドに面出しで積まれて出迎えてくれた。読者との集いには村の皆も登壇して対話したり、イタリア大使館での歓待を受けたりした。山の村の小学校との交流先である、東京の目黒区立五本木小学校を訪問して授業に飛び入りで参加もした。

東京の神保町、九段下、上野に浅草、御茶ノ水、銀座、表参道、原宿、渋谷、新宿、両国、勝どき、秋葉原、東京駅、神奈川県の鎌倉、藤沢……。

観光地も立ち寄ったけれど、皆は日本のふだんの暮らしが見える情景を喜んだ。スーパーマーケットに入り、ファストフードを試し、交差点に驚き、地下街を歩いた。ガイドブックは持たず、地図を手に自分達の思うように回った。足元から上空まで、至近から遠くまで丹念に見て、どんな小さなことにも大きく目立つことにも、隔《へだ》たりなく興味を持った。書店でも、町でも。ホテルでも、寺でも。山道でも、海岸でも。そばにいた人達もモンテレッジォ村の人達の純粋な賞賛を同様に喜び、たちまち不思議な一体感が生まれた。

Coors

これこそが、かつて深い山奥から険しい旅を経て各地に本を届けに回った行商人達の真性なのだろう。

人の暮らしを追うことは、翻《ひるがえ》って己の生き方を知ることだ。人々の物語を探しに、一生続く旅の切符を手にした気分である。

モンテレッジォ　小さな村の旅する本屋の物語は、これからも続く。

写真クレジット

「もうひとつのモンテレッジォの物語」
カバー, p85, p87, p92, p93, p95 © Giacomo Maucci
p8 © Walter Massari
p3, p14, p16, p19, p27, p65 © Cristiana Maucci
p33 © Martin Cooney
p69, p88, p94, p97 © Francesca Luciani
p103 © Enrico Antoniotti
p124, p127 © Hojosha Publishing Co., Ltd.
上記以外すべて
© Associazione "Le Maestà di Montereggio"
© UNO Associates Inc.

「かごの中の本」
p35 © Mirko Oberto

内田洋子
Yoko Uchida

1959年神戸市生まれ。東京外国語大学イタリア語学科卒。
通信社ウーノ・アソシエイツ代表。
2011年『ジーノの家 イタリア10景』(文春文庫)で
日本エッセイスト・クラブ賞、講談社エッセイ賞をダブル受賞。
著書に『ミラノの太陽、シチリアの月』(小学館文庫)、
『イタリアの引き出し』(CCCメディアハウス)、
『カテリーナの旅支度 イタリア 二十の追想』(集英社文庫)、
『皿の中に、イタリア』(講談社文庫)、
『どうしようもないのに、好き イタリア 15の恋愛物語』(集英社文庫)、
『イタリアのしっぽ』(集英社文庫)、『イタリア発イタリア着』(朝日文庫)、
『ロベルトからの手紙』(文春文庫)、『ボローニャの吐息』(小学館)、
『十二章のイタリア』(東京創元社)、『対岸のヴェネツィア』(集英社)、
『モンテレッジォ 小さな村の旅する本屋の物語』(方丈社)など。
翻訳に『パパの電話を待ちながら』(ジャンニ・ロダーリ著　講談社文庫)など。

もうひとつのモンテレッジォの物語《ものがたり》

2019年12月25日　第1版第1刷発行

著　者　内田洋子《うちだようこ》
モンテレッジォの子供達《こどもたち》

発行人　宮下研一

発行所　株式会社 方丈社
〒101-0051
東京都千代田区神田神保町1-32 星野ビル2F
Tel.03-3518-2272／Fax.03-3518-2273
http://www.hojosha.co.jp/

装　丁　中川真吾

印刷所　中央精版印刷株式会社

ISBN978-4-908925-55-9

総合教育研究所ジュリオ・ティフォーニ
リヴィオ・ガランティ小学校

Unione Europea FONDI STRUTTURALI EUROPEI pon 2014-2020 MIUR

かごの中の本

モンテレッジォ　本屋の村の物語

モンテレッジォの子供達 著
内田洋子 訳

Antoniotti Emanuele, Baldassarre Michele, Barbieri Gaia, Bazzali Lorenzo, Bertolini Costanza, Beyan Daniel, Biasini Emma, Bielli Sofia, Di Gregorio Lorenzo, Ferdani Alex, Filippi Emanuele, Giorcelli Alice, Hoxa Meme, Nadotti Edoardo, Peccia Maria Stella, Piastri Luca, Scognamiglio Andrea, Scognamiglio Leonardo, Terranova Andrea, Tommasini Giada, Tommasini Massimo, Tonelli Rebecca, Xhuveli Isabel

2018

＜モンテレッジォの聖人＞協会
モンテレッジォ　文化事業推進《すいしん》課

監修
ジャコモ・マウッチ　＜モンテレッジォの聖人＞協会
モンテレッジォ　文化事業推進課

こどもたちへ

ヨーロッパ構築資金　イタリア国内での活動計画について

2014年～2020年の期間において、社会・学習・環境の向上を目的とする。
公告：企画は、社会の格差と問題に立ち向かうものである。特にカテゴリー〈I〉にあたる地方、過疎化の恐れがある地域においては、通常の時間外にもこの企画を実現できるよう、学校を開放することを保証するように。

受け取った書類には、この序文のあと7枚に渡って『地域のための学校』企画について説明が続き、丹念に読み下すところから、ポントレモリ市の<ジュリオ・ティフォーニ>校区アルピオーラ村の<リヴィオ・ガランティ>小学校の生徒たちの冒険が始まった。

私たちの企画が、このヨーロッパの機関に承認されて助成も受けられることがきまり、ティフォーニ校区の<リヴィオ・ガランティ>小学校は、モンテレッジォ村の文化事業推進課と<モンテレッジォの聖人たち>協会と組んで、7枚の説明の中にあった<ダンテの歩いた道：イタリア語の発見>に関連して、<モンテレッジォ村の本屋の物語>を組み込み、絵入りで本にまとめることになった。さらに内田洋子氏が日本への扉を開いてくれ（＊東京都目黒区立五本木小学校との文化交流を提案)、ルニジャーナを越えて、素晴らしい文化を持つ遠い異国とつながることになった。ちょうど彼女はモンテレッジォ村の本屋の歴史を調べていたところで、互いの関心が重なった。そして、<G.ティフォーニ>校区と<モンテレッジォの聖人>協会、日本の小学校との間に生まれた交流を介して、子供

たちはルニジャーナを越えて日本まで知る経験を得たのである。
一場面ずつ子供たちがまとめた話と絵を追いながら、モンテレッジォの本屋の歴史を遡ることができる。貧しさと懸命な努力、思いやり、一徹さ、想像力、イニシアチブを取る力についての話だが、同時に将来を担う新しい世代への教訓にもなっている。

『かごの中の本』は、子供たちと先生、事情通、本屋、関係者たちの助けによって、課外活動を重ねて作られた。生徒たちは、市立図書館やムラッツォ村の公文書館、個人の所蔵する資料を調べ、モンテレッジォ村を訪れ観察し調べ、自分たちなりに過去を構築し、そこからまた新しい知識や歴史に触れる道が続くことを学んだ。

この経験のおかげで、子供たちは歴史の勉強を通して自分たちの住む土地が好きになり、自分たちも郷土の歴史をかたどる一人であることを自覚し、それを誇りに思うだろう。もしそのように子供たちを導くことができたなら、学校としての任務を果たせたことになる。なぜなら、子供たちは学んだ内容をただ繰り返して言うだけではなく、自分への揺らぎない自己への自信を得て実際に世界へ旅に出て、自由で斬新な視点と発想で、世の中をより楽しく変えていくことにつながるからだ。

マリア・グラツィア・リッチ
校長

私は、世の中で最高の職業に就いている。

　チョークやクレヨン、マジックペン、そしてフォカッチャの匂い（子供たちが学校に持ってくるおやつ）……。

　青やピンク、空に風を色でぬる……。

　好奇心と努力、成功と、ときには涙の味がする。

　笑い声、おしゃべり、質問という音楽が聞こえる。

　抱きしめると、感じるぬくもり。

　毎朝、私を待っているときの静けさや、わき上がるにぎやかな声にわくわくする。


　私は、大好きなところで教職に就いている。生まれて育ち、知る喜びを覚えたこの土地で。郷里を敬い自分の職業に誇りを持っていた先生たちに、私は育ててもらった。

未来を背負って立つ女性と男性の予備軍たちの手を取って、自分の生まれた土地の歴史を学ぶように導くことは、何よりもすばらしい。これは私の、そして私たちの旅の記録である。皆でいっしょに過去の尾根を伝い、質問し合って、好奇心でいっぱいになり、熱心に観て、人が話してくれる小さな歴史を、物語を、まるで童話のように聞いた。

教室は、会話やよく考えること、絵であふれた。小さな生徒たちの作業を見ながら、めざした地点にたどり着けた、と思った。子供たちに好奇心を持たせること。それが、到達目標点だったからだ。

読者の皆さんへ私たちの成果を贈る。〈小さなこと〉だが、これは私たちの旅の始まりである。

フランチェスカ・ルチアーニ
企画担当教師

G. ティフォーニ校区からこの企画への協力を頼まれたとき、喜んですぐに承諾した。すばらしい意味のある郷里の伝統が忘れ去られないうちに、子供たちに学んでもらいたかったからである。

本屋の村の物語は、郷土の未来を想う人たちに伝えられていくだろう。未来は、子供たちなのだ。

自分たちが暮らす土地の文化的なルーツを知ることは、その土地の住民として重要なことである。知ったことを他に広められるし、他とのちがいの理解へもつながるからだ。

この企画のおかげで、素直で純真な子供たちの世界に近づくことができた。短い時間だったが、大人であることを忘れて、子供たちのように空想し、自由に考え、単純明快に現実を見ることができた。

熱意と想像力、好奇心、興奮を教えてくれた子供たちと、いつも側にいて応援をしてくれた先生にお礼を言いたい。この本が〈ガイドブック〉として、未来に何代もわたって残ることを祈る。

この物語は童話のようだ。心を込めて読み、話し聞かせてあげてほしい。子供たちがするように目を閉じて、本に出てくるさまざまな場面を想像してほしい……。

この本は、何軒かの書店や内外の重要な図書館にも置かれている。モンテレッジォ村でも売られている。村の文化推進事業課と〈モンテレッジォの聖人〉協会は、本の売り上げによる収益をリヴィオ・ガランティ小学校との郷土に関連する企画のために使うことに決めている。

モンテレッジォ村を慕い、その伝統を敬う気持ちを教えてくれた父へ、そして私の小学校時代のマリア・ルイーザ・フォルトゥナート先生へ感謝の意を捧げる。

ジャコモ・マウッチ
企画担当

目　次

かごの中の本

モンテレッジォ　本屋の村の物語

モンテレッジォの子供達 著
内田洋子 訳

モンテレッジォ村

　モンテレッジォは中世のたたずまいを残す小さな村で、イタリア北部にあるルニジャーナ地方の北に位置しています。リグリア沿岸とフランチジェナ街道を結んでいた古い道沿いにあります。今は、マグラ川の流れる渓谷《けいこく》からカゾーニ道を通ってチンクエ・テッレ地帯とつながっている道です。

モンテレッジォ村

モンテレッジォ　七つの塔の村

1200年代にムラッツォ村の領主だったコルラード・マラスピーナは、モンテレッジォ村が地理的にも戦略的にも重要であることを踏まえ、周囲に防塞《ぼうさい》、つまり守るための要塞《ようさい》と塔を造らせました。

ローマにあるバチカン美術館所蔵の1500年代の古地図にも、7つの塔に囲まれたモンテレッジォ村が記載《きさい》されていて、いかに重要だったかがわかります。

ルニジャーナ地方に住む歴史研究者ウバルト・フォルメンティーニによれば、モンテレッジォ村には古代ローマの兵士が駐在していたそうです。〈山の聖母の御堂〉（ルニジャーナ地方で最も古い遺跡）のアーチ状の入り口に、〈SPQR〉と彫ってある意味がわかります。ラテン語の〈Senatus Popolusque Romanus〉の頭文字なのですが、これは〈ローマ帝国の元老院と民衆〉という意味で、ローマ帝国の権力を表しています。1573年にモンテレッジォ村は、城と井戸を持つ独立した領土になりました。マラスピーナ家の領土の中で、最も小さいものでした。

山の聖母の御堂

古い聖アッポッリナーレ教会

最初の領主はジャン・パオロ・マラスピーナで、甥《おい》のレオナルドといっしょに聖アポッリナーレと聖フランチェスコ・フォゴッラをまつる古い教会に葬《ほうむ》られています。領主となったジャン・パオロ・マラスピーナは、古くからある道を〈神聖なる道〉としてたどれるように整えました。カルラーラ産の白い大理石を箱状に組み、表面に聖人たちを浮き彫りにして仕上げました。

聖人

レリーフ《浮き彫り》は、モンテレッジォ村の城と山の聖母の御堂を結ぶ古い道に沿ってまつってあります。

聖人の道

跳ね橋のある入り口

モンテレッジォ村には、古い教会のほかに荘園領土だったころの跡がいくつか残っています。四ヵ所にあった村の門のうちの二つの門や塔、井戸、村の片側にある城への回廊などです。これは警備のための巡回に使っていた小道です。

古い教会で、聖フランチェスコ・フォゴッラが洗礼を受けました。マッサ・カルラーラ大聖堂の唯一の聖人で、記念碑《きねんひ》が壁に掲《かか》げられています。ほかには、1906年の緑十字（社会福祉、救済組織）の旗もあります。

1876年に起きた大雨で、教会は冠水《かんすい》で使えなくなりました。村人たちは大変におそれて、あらたに教会を建てました。

新しい教会は、村人たちがマンジョーラ川の川底から集めた石で造られました。

そのときにモンテレッジョ村には鐘塔《しょうとう》も建てられ、四個の鐘がつきました。

救助する緑十字のボランティアたち

教区教会

1903年、モンテレッジォの村人たちは、小さな広場と石でできた共同の井戸を造ることに決めました。以降、村の中で水を使えるようになりました。それまでは村の外まで女の人が行って、わき水や小川から水をくんでいたのです。

井戸は前後の両面になっています。一方には小さな洗い場がついていて、今でもそこにわく水を人々は飲んでいます。反対側には、大きな洗い場があり動物たちの水飲み場でした。

井戸のある広場

（現在は、A.モンダドーリ広場と改名）

城の広場にあった郵便局

10年後には郵便局が建ちました。本の行商人たちは、本を売って得たお金を郵便局に貯金しました。

本屋の記念碑

1953年、本屋のアントニオ・リンフレスキ（〈露天商賞〉の発《ほっ》起人《きにん》の一人）は、〈本屋の記念碑〉を造ろう、と考えます。モンテレッジォ村で一番大きな広場、〈古い広場〉に記念碑はあります。1600年代の画家アンニバレ・カルラーラが描いた本の行商人の絵を元にして、カルラーラ産の白い大理石に彫られました。記念碑は村を訪れる人々に、この村だけの、すばらしい本屋の物語を伝えて魅了《みりょう》し続けています。

通りの名前の今昔

1980年代にモンテレッジォ村の道や広場には、モンダドーリやガルザンティ、リッツォーリ、リーダーズ・ダイジェストやその他、国内外の有名な出版社の名前がつけられました。モンテレッジォ村の出身者で、村の通りの名前についたのは一人だけです。ビエッラ市のヴィットリオ・ジォヴァンナッチです。不思議ですが、面白いことに村の若者も年寄りも、大通りや集落、墓地への道を長い歴史を持つ旧称で呼び続けています。古い広場はいまだに〈コスティジォル〉であり、井戸のある新しい広場は〈オルメツ〉というふうに。

聖人、英雄、そして……古い伝統

モンテレッジォ村の多くの人たちが、村の伝統である本や本屋となんらかの形で関わって生きてきました。

フランチェスコ・フォゴッラはまじめで頭がよく、がっしりとした体に白いひげをたくわえていました。1839年、村に今でも残っている家に生まれ、聖アッポッリナーレ教会で洗礼を受けました。当時モンテレッジォ村は、パルマの領主の配下にありました。

両親であるジォアッキーノ・フォゴラとエリザベッタ・フェルラーリはパルマ市に移住し、露店で本や雑貨を売っていました。どうしたはずみか、苗字のスペルをまちがって、フォゴッラの〈L〉が二つ重なるところをひとつだけで記録されてしまいました。

フランチェスコは、16歳で宣教師になる勉強を修道院で終えました。まず修道士になりましたがとても成績がよかったため、大人になると、遠い国、中国へと派遣されカトリック教会を代表する役目を担います。

中国では多くの友人を得ましたが敵も多く、神を信じない人や中国に外国人が入ってくるのを望まない人たちに殺害されてしまいました。

モンテレッジォ村の聖フランチェスコ・フォゴッラ

1950年代に列福《れっぷく》を受け、2000年にはジョヴァンニ・パオロ二世から聖人と認められました。その際バチカンのサン・ピエトロ広場には、大勢のモンテレッジォ村の人たちが祝福のために集まりました。

1891年モンテレッジォ村で、ジュゼッペ・フォゴラとジュリア・タラントラのあいだに、エルネスト・フォゴラは生まれました。父方も母方も本屋でした。エルネストは6歳の時にアンコーナ市へ移住しました。

第一次世界大戦が始まったころ、エルネストはすでに両親の本屋で働いていました。戦争が始まるとすぐ兵士として発ち、航空機操《こうくうきそう》縦士《じゅうし》となりました。戦闘機《せんとうき》に乗って、戦争が終わったことを知らせるビラをまきました。爆弾はあまり落としませんでした！

大勢の兵士を救い、メダルを二個受賞しました。ひとつは銅メダルで、もうひとつは銀メダルでした。最後には、艇長へ昇進《しょうしん》しました。

飛行士エルネスト・フォゴラ

飛行士エルネスト・フォゴラ

1917年のある日、まだとても若かったエルネストは、オーストリア軍に攻撃《こうげき》されて亡くなりました。

1970年代にモンテレッジォ村の人々は、本屋で飛行士だった彼を追悼《ついとう》して、白い大理石で記念碑を造って捧げました。昔、彼が住んでいた家の前にかかげてあります。

さて、モンテレッジォ村の古い伝統行事について話します。〈五月の歌〉といいます。ほうぼうへ行商に出かけた本屋たちは、大切な祭には村に戻ってきました。五月の祭のときもそうでした。

〈五月の歌〉は、春の行事のひとつです。正確に言うと、五月一日に行われます。〈五月の人たち〉は一軒ずつ回って、すばらしい季節が訪れたことを告げる歌を歌います。

家の人たちは、お礼にチーズや卵、サラミソーセージ、ワインをごちそうします。〈五月の人たち〉は明るい色の洋服やチェック柄のシャツを着て、黄色か緑色のスカーフを巻き、エニシダやマーガレット、バラやスミレなどの春の花で飾った帽子をかぶります。歌詞は失礼な内容だったり、笑わせるようなものだったりします。アコーディオンの演奏に合わせて歌います。

五月の帽子

五月の人たち

〝……村のかわいい娘さんに、ぼくたちは歌おう。五月になったら、もっと恋する気持ちで熱くなるだろう、って……〟

〝……恋する娘さんたちよ、恋の五月がユリやバラを連れてくる、恋する娘さんたちに……〟

〝……もしぼくたちに卵をくれないのなら、キツネかテンにおたくのメンドリが全部食われてしまえ、と祈ってしまうよ……〟

あなたのスマートフォンで
QRコードを読み取ると、
モンテレッジォ村の動画が見られます。

モンテレッジォ　本屋の村

モンテレッジォの本屋の村としての歴史は、1800年代にさかのぼります。

すでにルニジャーナ地方には、印刷業が広まっていました。しかし貧しい地域で財源《ざいげん》があまりないため、人々は生まれ故郷を後にして、仕事を見つけるために他の町や国へ移住しました。

南米への移民

パダーナ平野で働くモンテレッジォ村の人たち

多くの人たちが、ルニジャーナ地方からパダーナ平野へ農作業をするために移住しました。

ところが、予期しないことが起きました……。1816年にインドネシアのタンボラ火山が大噴火《だいふんか》し火山灰が黒く天をおおって、自然環境を破壊《はかい》してしまったのです。

タンボラ火山の噴火と灰色の雲がイタリアをおおった

1816年が〈夏のない年〉と呼ばれたのは、有害な煙に太陽が〈閉じ込められてしまった〉からでした。

雲に閉じ込められた太陽。夏のない年

夏がなく、死ぬ植物たち

農作物は、長雨と日光の不足、季節外れの雪のせいで育ちませんでした。

イタリアでは、6月に平野部でも灰色の雪が降りました。空腹や干ばつのせいで、農業をしていたとても多くの人が亡くなりました。この“ホラー映画”のような天候の中、人々は空想に時間を当てるようになり、さまざまな種類の物語を書きました。

〝想像力で飛んだ〟モンテレッジォ村の人たちは、新しい仕事を思いつきました。

想像力で飛ぼう

かごをかついだ本の行商人

たくさんの品物を売る本屋

多くの人が行商をしていました。こちらからあちらへかごをかついで毎日移動しながら、日用品や雑貨、年鑑《ねんかん》、月ごよみを売りました。

主な売り物はカミソリ用の石でした。ひげそり用のカミソリを研《と》ぐ石です。

ピエモンテ州のカザーレ・モンフェルラートという町にモンテレッジォ村出身のジョヴァンニ・マウッチという人がいて、カミソリの研ぎ石製造工場を開業して暮らしていました。

多くのモンテレッジォ村出身者が、この町からフランスまで研ぎ石を売りにいっていました。最初のうち本はそれほど重要な商品ではありませんでしたが、時が経つにつれて行商人の唯一の売り物となっていきました。1900年代の初めころから、女性もこの仕事を始めました。

カザーレ・モンフェルラート、マウッチの
カミソリ用の研ぎ石製造工場

ジョヴァンニ・マウッチ、
カミソリ用の研ぎ石
製造工場主

当時は、誰もが簡単に本屋になる許可を取ることができました。字の読み書きができない人でも、です。1853年にサンテ・マウッチは農業や歯医者、石売りの職業のほかに……本屋でもありました。

紙製の品物のうちよく売れたのは、絵札や月ごよみ、年鑑でした。1700年から1800年では、都会や田舎に暮らす人たちへ情報を知らせるために年鑑は必要だったのです。1857年にモンテレッジォ村出身のフォゴラはフィレンツェへ行商にいき、『1857年の月ごよみと天空の神秘』を売っていました。

本屋が売った
1860年度版の
月ごよみ

次第に人々は本に興味を持つようになりました。オーストリア人の気に入らない考えや意見が書いてある本は読むことが禁じられていたのですが、そういう禁書《きんしょ》を手に入れられるのならいくらでも払う、という人もいました。

モンテレッジォ村の本屋の中には、ジョヴァンナッチ家やマウッチ家、タラントラ家、そのほかにも大勢が、かごにカミソリ用の研ぎ石や売り物をいっぱいに詰めてアルプス山脈を越えて売りに行き、帰りには禁書をかごに入れて戻りました。〈文化の密売人〉となったのです。違法の本や考え、文化を、……そして希望を売ったのです。

この密《ひそ》かな市場は、国を統治する人たちにとっては危険でした。本に書かれている、知的で自由な考えが広がるのを押しとどめることができなかったからです。

禁じられた本

ああ、疲れた!

もうすぐ着くからね

本を売るための長い旅

国から国へ、町から町へ、旅の途中、いつどこで本屋たちは止められて検査されるかしれませんでした。もし禁書を持っているのが見つかれば、逮捕《たいほ》されました。

文化の密売人である本屋

前にも少し書いたように、ほとんどの本屋は字の読み書きができませんでしたから、本の題名も読めませんでした。でも表紙の絵で見分けていました。今、私たちは学校に通い教育を受けています。だからもし、ある本の表紙の絵が代わったとしても、問題ではありません。

でも当時もしそういうことがおきると本屋には〝悲劇〟でした。ビデオゲームのディスクに傷がつくのと同じ感じで、〝ガーン!!!〟とパニックになりました。

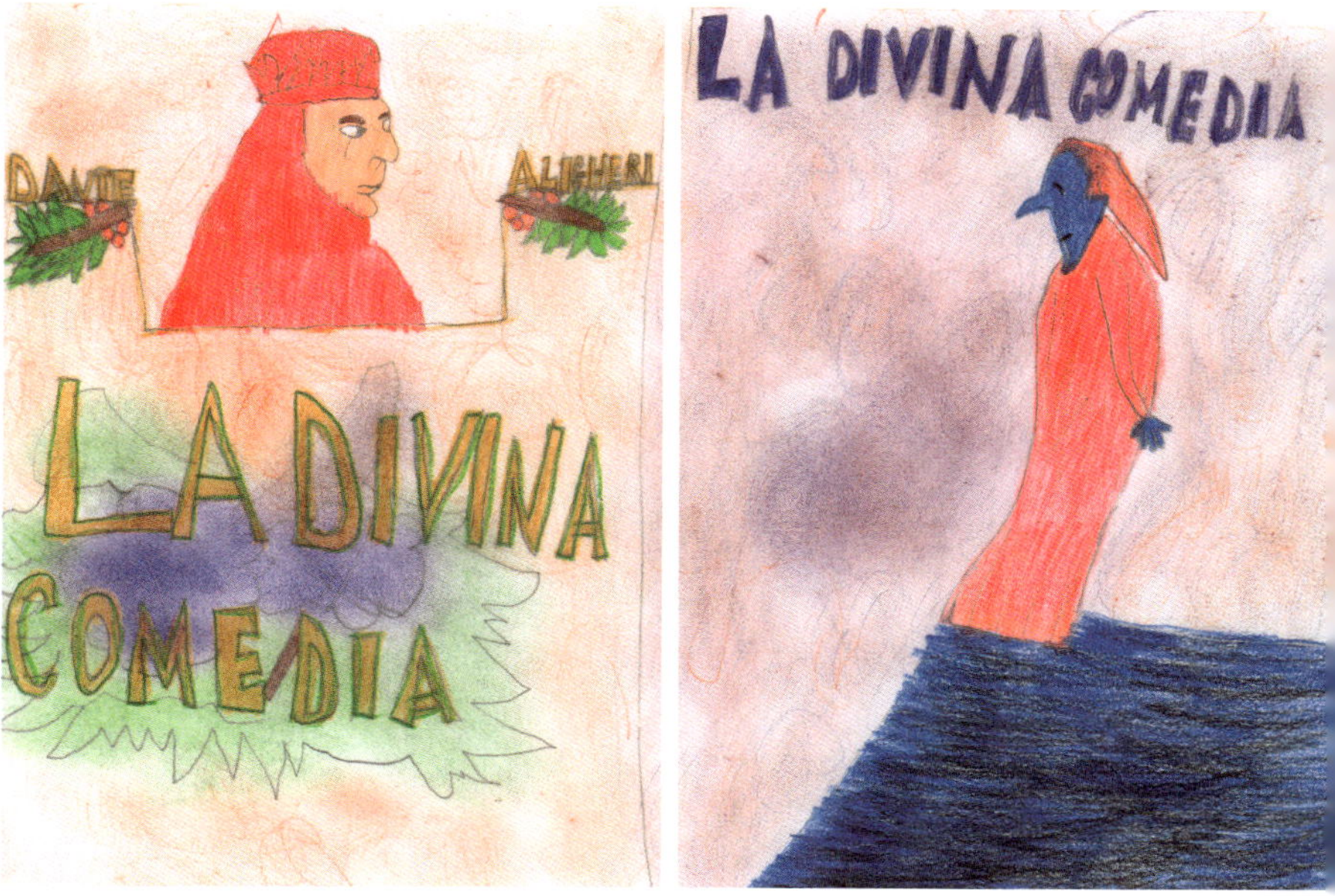

表紙が代わる!!!

本屋はパニック!!!
本の見分けが
つかない

読み書きができない本屋たちも、新しいイタリアの政府の読み書き推進計画により、だんだん読むことを覚えていきました。モンテレッジォ村にも初めての小学校ができました。学校の先生についての初めてのニュースが出たのは、1869年に出たバッタリーニ・ニコーラ先生についてと、1879年のヴィットリア・マラーニ先生についてのものでした。

ジョヴァンニ・マウッチの一家は、学校として使えるように自分たちの家の一室を提供しました。１月の雨が降って寒い朝、私たちはモンテレッジォ村へかつての学校を見に行きました。現在でもそこには、居心地《いごこち》のよいかわいらしいマウッチ家の家があります。昔、学校の教室だったところには、今は快適な台所があります。

小さなストーブが教室と生徒たちを暖めました。毎日、生徒たちは薪《まき》を持って登校し、火種《ひだね》を消さずに暖め続けられるようにしていました。

生徒たちは学校へ薪を持ってきた

モンテレッジォ村の学校の教室

教室はまったく小さくてせまくて、ここにどうやっていろいろな年齢の子供たちを迎えることができたのだろう、と思いました。

信じられない話です。だって今では教室は広くて明るい色にぬってあるし、LIM（電光板）やコンピューターもあり、暖房《だんぼう》は最新式で性能のよいものだからです。

モンテレッジォ村の学校

現在の教室

先生のことば:
今日は秋のアルファベットを
おさらいしましょう。
女の子のことば:
あんた、悪い子ね
左端の男の子のことば:
僕はしてこなかった!!!
ポニーテイルの女の子のことば:
私、勉強してきた
緑の服の子のことば:
すばらしい考え
紫の子のことば:
今日、先生はとってもきれい!
男の子のことば:
いつもきれいだよ!!!

【LIM(Led掲示板)】
アルレッキーノ
バランツォーネ
ブリゲッラ
ジャンドゥイア
メレギーノ

Aは、Alberi Spogli
　葉の落ちた木のA
Bは、Boschi Rossi Dorati
　赤くて金色の森のB
Cは、Castagne Calde e Fumanti
　熱くて煙の出ている栗(焼き栗のこと)のC
Dは、Danza di Foglie Erusciano
　枯れ葉のダンスのD

【右の青い張り紙】
(Aではじまるacqua(水)の派生語)
ACQUA…と派生語
acquedotto　水道橋
acquazzone　大雨
acquilone　凧(たこ)
acquerelli　水彩画

本屋は勉強して力をつけると、かごから露店用の荷車へと代えていきました。より多くの品物を見せることができたからでした。

1860年から女性が文化に入ってきて、増え続けるいっぽうの女性読者向けに書かれた本を買うようになりました。

時が経つにつれて町は変化し広がり、現代化の道を進み始めます。本屋も世の中のほかの人たちと同じように、もっと安定するように働き方を変えていきました。かごをかついだ長くて苦しい旅をやめて、通りや広場に荷車を置いて商売をし、そこがのちに書店になるところもありました。それでも長いあいだ、本屋たちは書店に加えて荷車での露店も開けていました。

かごから荷車へ。もっとたくさんの本を!!!

かごから露店へと代わって、
いっそう本は売れるようになりました

第一次世界大戦が始まると、エルネスト・フォゴラやロレンツォ・リンフレスキのようなモンテレッジォ村の本屋たちも、母国を守るために戦線へと発っていきました。

戦争は、死と破壊と貧乏をもたらしました。生き残った人たちは戦争が終わるころに家に戻り、そこいらじゅうに散らばるがれきを目にしました。けれども希望を捨てず、失ったものすべてを再び建て直しました。第一次世界大戦と第二次世界大戦のあいだ、本屋たちはそれまでにないほど多くの本を売りました。

第二次世界大戦が始まると、〝デジャヴ〟のように苦労が再び戻ってきました。警察は、〝ふさわしくない〟とされた人たちが書いた本を没収《ぼっしゅう》しました。

破棄《はき》される禁書

当時の世の中の決まりに相反《あいはん》する考えや主義が書いてあったからです。警察は書店に有無《うむ》を言わせず立ち入り、禁書を没収しては焼くこともありました。

何人かの本屋たちの話によれば、警察は「本を没収する」と言いながら、没収せずに寛容《かんよう》な対応をすることもあったそうです。ああ、よかった!!!

警察は本を没収しましたが、本屋たちはあらかじめ警察と決めておいた通り、あとで大切な品物をこっそり取り戻しにいきました。

戦争が終わり、本屋たちは〈生まれ変わるイタリア〉のために重要な役割を担います。そのまじめさをかって、再び本屋たちが仕事に戻り安心して仕入れ代金を払えるように、多くの出版社は後払いにしました。読み書きできるイタリア国民が増え、書店の数もだんだん多くなり出版物も増えていきました。作家や芸術家のような有名で文化的な人たちが本屋と直《じか》に交流し、店主と客が互いに思っていることが伝わるようになってくると、それまで読み書きのできなかった人たちが行ってきた本屋の仕事は、重要なものへと変わっていきました。

ドアから出ていき、窓から帰ってくる本たち

第一回 露天商賞

1952年に初めて開かれたポントレモリ市の本屋の集まりで、露天商賞のアイデアが生まれました。

翌年、私たちの村役場があるムラッツォで、第一回の授賞式が行われました。受賞したのはアメリカの作家で、名前は書くのも発音するのもむずかしい〝アーネスト・ヘミングウエイ〟が書いた、『老人と海』でした。

翌年にヘミングウエイは、このすばらしい作品でノーベル文学賞を受賞しました。

"Il vecchio
e il
mare"
"Ernest Hemingway"
1952

Ernest
Hemingway
il vecchio e il mare

第一回 露天商賞受賞者

モンテレッジォ村の本祭り

モンテレッジォは、ずっと本屋の村です。今でも本の祭があり、装画《そうが》やサイレント・ブック（文章のない、絵だけの本）のコンクールの受賞式が行われています。

ピエッラ市のジョヴァンナッチ家やノヴァラ市のラッザレッリ家、ヴェネツイア市のベルトーニ家やタラントラ家、フォゴラ家など、モンテレッジォ村出身のいくつかの家は今でも書店を続けていて、昔と同じように客とのつながりを守っています。

　私たちは今、情報とヴァーチャルな本の時代に生きています。でも私たちはまだ学校の図書室に行き、散らかしつつ、棚《たな》にあるたくさんの本の中から色とりどりの楽しい絵や笑わせてくれる面白い絵のある本を探し出すのが好きです。おとぎ話や童話、すごい冒険記を読むと、時間と現実を超えてすばらしい場所や見知らぬところへ行けて夢見る気分になります。きっと私たちが作ったこの本のためにも、名誉《めいよ》ある場所が書店に取ってあるでしょう。

インターネットで売られる本

本屋と出版人と作家

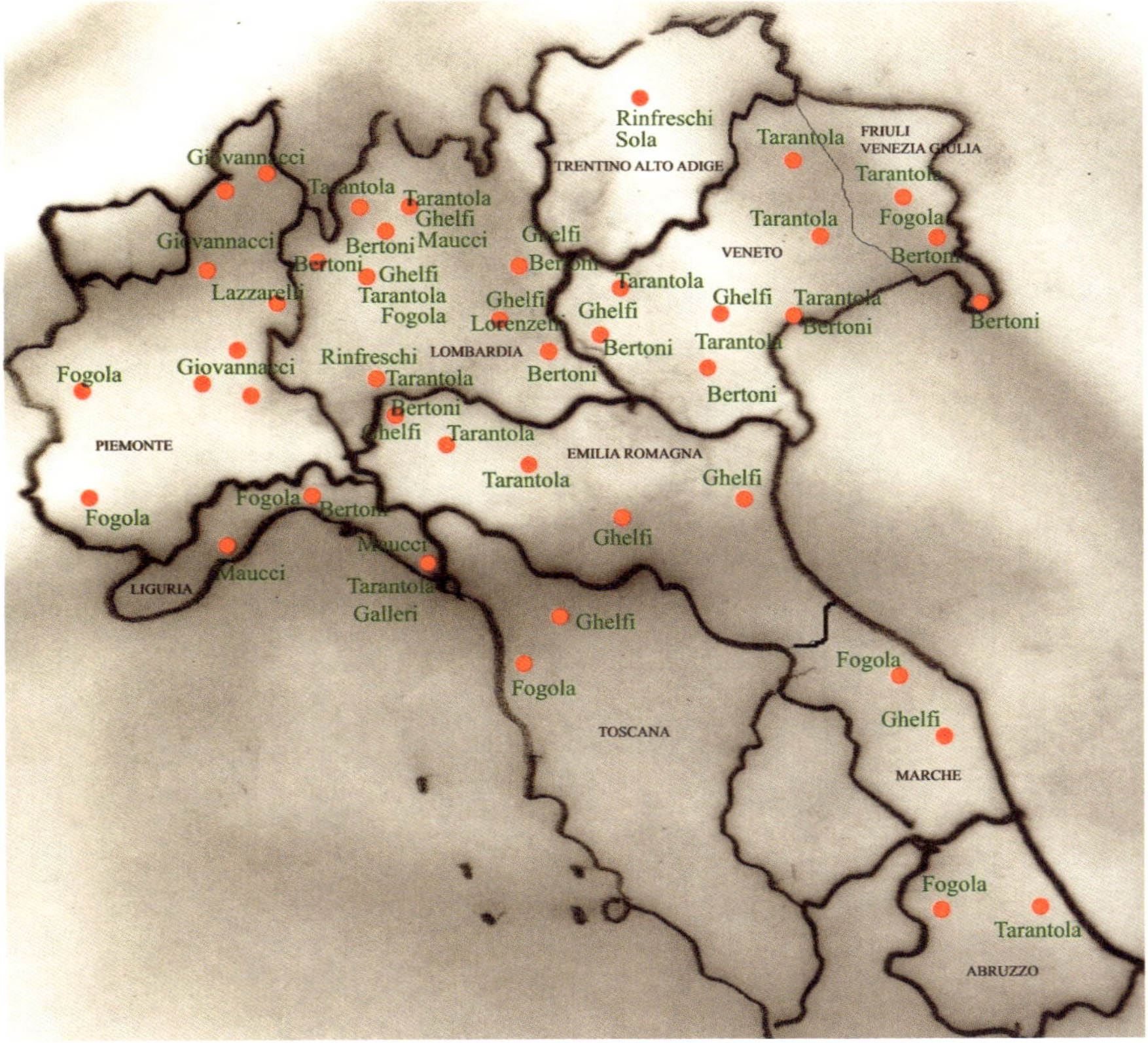

イタリアにある、モンテレッジォ村出身の本屋

ビエッラ市の本屋 ジョヴァンナッチ・エマヌエーレ

この章では、数多くのモンテレッジォ村出身者が営む本屋のうち、地図からおわかりになるように、中央から北部イタリアの各地で露天商から始めてやがて書店を開いた、いくつかのファミリーについて話しましょう。

エマヌエーレ・ジョヴァンナッチは、ビエッラ市に住んでいました。父親は書店を営んでいました。まず〝小僧〟として店で働き始めました。公証人《こうしょうにん》や弁護士に本を届けるのが役目でした。やがて大きくなり勉強して知識と能力を身につけ、自分に自信を持つようになりました。

そして妻ヴィルマといっしょに、書店を継ぎました。優しい微笑《ほほえ》みとていねいな店主に客はひかれ、たくさんの本が売れました。モンテレッジォ村出身の本屋には、すぐにほかの本屋と見分けがつく特徴《とくちょう》がありました。あまりに扱う本の数が多いので、本を〈倒れる危険のある塔〉のように積み上げて置いたのです。店の外にも積み上げました。露天商から始まった店では、自然なことだったのでしょう。

ジョヴァンナッチ書店：
ダヴィデ(息子)とエリーザ(娘)、
ヴィルマ(母親)にフェデリコ(エリーザの夫)

パルマ市のロレンツォ・ベルトーニ書店

ウディネ市のタラントラ書店
（タヴォスキ家所蔵の原画を元に複写）

ウディネ市のロジーナ・タラントラ書店

ジーノと呼ばれていたルイジ・タラントラは、トレヴィーゾ市で書店を営んでいました。彼が亡くなると、書店によく通っていたある客は、店主が客にとても寛大《かんだい》だったことへの深い感謝の気持ちを書きました。ジーノは、高価な本が買えない客には特別に割引《わりびき》をしていました。

老いたタラントラが店の外へ出て、立派な回廊《かいろう》の下に座っていたのを皆はよく覚えています。

寒さと風除《かぜよ》けにウールの帽子をかぶり、フランスの芸術家風の白いひげを生やして、若い読者に本について助言していました。

トレヴィーゾ市
<ロッジア・ディ・カヴァリエーリ>（騎士の回廊）の
ジーノ・タラントラの露店

ヴェネツィアの冠水。タラントラ書店、水に浸《つ》かる

ヴェネツィアはイタリアの北東部にあり、干潟《ラグーナ》に囲まれた驚きの町であり、魅力的でロマンチックな町ですが、天候次第では冠水にも見舞われます。冠水になると、陳列した商品や仕事が水に浸かって台無しになり、大きな問題です。魚のそばで泳ぐように本が水浸《びた》しになり、本屋たちは途方《とほう》に暮れていました。本当に大変な被害でした!!! でも、本屋たちは腕まくりをして最初からやり直したのでした。

モンテレッジォ村出身の本屋の多くは、書店は妻にまかせて露店も続けました。移動して本を売り、少しでもかせぐためでした。

コスタンテ・タラントラは、ニーナというメス馬に本を山積みした荷車を引かせ、ヴェネツィア郊外の祭や市場へ出かけていきました。

ニーナは他の馬とはちがって、大変に頑固《がんこ》でした。いったんこうと思うと、どんな方法でもその決意を変えることはできませんでした。

ある日のことです。とても疲れたニーナは、旅の途中で立ち止まってしまいました。困ったコスタンテはあらゆる方法で旅を続けようとしました。ついにとんでもないことを思いつきます。

かわいそうに、馬のお腹の下で火を焚《た》いたのです!!! ところがニーナは負けませんでした。火を消すために、持っていたものを使いました：おしっこ。

馬のニーナと本屋コスタンテ・タラントラ

本屋カルロ・タラントラ、<金のかご賞>受賞

モンツァ市のタラントラ書店。アルトゥーロと両親

ノヴァラ市のラッザレッリ書店。
オッタヴィオ、ロベルト、マティルデ、マルコ

古くからノヴァラ市にあるラッザレッリ書店には、小さな物語があります。『本と書店の夫妻の話』という題名で、書店の友人が書きました。美しくて背の高いマティルデ夫人が書店に入ってくる客たちを温かく迎えたこと、陳列《ちんれつ》してあるすべての本が（本当に大変な数！）壁にかけてある絵のように見えたこと、という話に私たちは心を打たれました。

ロレンツォ・リンフレスキはボルツァーノ市へ移住し、本を売るためグラーノ広場に売店を開きました。彼が亡くなったあとは、長女のオルネッラが、そして息子のアントニオが店を引き継ぎました。

ラ・スペツィア市サンタ・アゴスティーノ広場の
ガッレーリ兄弟の露店（レナート・ラッツィーニ所蔵の絵を元に複写）

ボルツァーノ市の本屋、アントニオ・ソーラ

私たちは調べながら、本は出版社から刊行され、本屋に売られ、作家が書くのだと知りました。

初めて本を行商した人たちは、かごにたくさんの本とお腹が空いたら食べるための栗の粉を入れて旅に出ましたが、読み書きはできませんでした。でもその子供たちは学校へ行き、私たちのようにたくさんのことを学びました。モンテレッジォ村の出身者の中には、本を書いた人もいます。ジョヴァンナッチ家の一人は、ハリー・ポッターの登場人物を通して科学を説明する本を書き、私たちも興味を持ちました。

マルコ・チャルディ著
『ガリレオ＆ハリーポッター』の表紙

モンテレッジォ村の本屋については、今日までどの本にも書かれたことがありませんでした。今、私たちが書いたこの本で読むことができますし、日本のジャーナリスト、内田洋子さんの本のおかげで、本屋のことは日本へも伝わるでしょう。

ヴェネツィアのベルトーニ書店にて。
日本の作家 内田洋子さん

エマヌエーレ・マウッチ

1850年パラーナ村に、エマヌエーレ・マウッチは生まれました。父の名はドメニコ、母はブリジダで、ポペットという面白い名前の村の出身でした。

ドメニコは、カミソリ用の研ぎ石と本をフランスで売っていました。〈文化の密売人〉と呼ばれた人で、エマヌエーレがまだ赤ちゃんのころに亡くなりました。エマヌエーレ・マウッチは背が高くてがっしりとした体格で、鼻ひげをたくわえていました。

本屋であり出版人でもあった
エマヌエーレ・マウッチ

きまった仕事を持たず、牧童《ぼくどう》をしたり農業や山で木を切ったりしていました。裕福《ゆうふく》とは言えず、いやむしろ……、たしかに貧乏でした！

パラーナ村に彼が生まれたころは、まだ学校がありませんでした。聖書の勉強のおかげで読み書きを習いました。そのころ字が読める人はほとんどおらず、町や遠い地のことを書いた本を神父が貸していました。エマヌエーレは、将来そこを訪ねることを夢見ていました。

村を出ていくことを夢見ていたエマヌエーレ・マウッチ

アルゼンチンに向けて、エマヌエーレの長い旅

エマヌエーレは20歳になると、家を売ってアルゼンチンへ船で行きました。アルゼンチンにはいとこのジャコモ・マウッチが住んでいて、露店で本を売っていました。

エマヌエーレ・マウッチが開いた露店

アルゼンチンに着くと、エマヌエーレはたくさん本を売ってもうけて、書店を開業しました。

そして弟ルイジを呼び寄せて、弟に書店を譲りました。故郷パラーナ村に帰ってアントニエッタ・マウッチと結婚し、母親もいっしょに夫婦はスペインの、正確にいうとバルセロナ市へ移住しました。

バルセロナは豊かな町で、商いのチャンスがありました。エマヌエーレは銀行からお金を借りて、町で初めての出版社〈マウッチ出版〉を創設《そうせつ》しました。

そしていくつもの出版社と書店をマドリッドやマイヨルカ島、チリやキューバにも開きました。彼の親戚《しんせき》たちも南米に移住し、皆が同じように書店を開き、〈マウッチ・ヘルマノス〉という出版社も開業しました。

エマヌエーレはポントレモリ市出身の作家の本も含めてたくさんの本を刊行し、とても裕福になりました。でも少しだけずるいこともしました。多くの本がイタリア語で書かれていたのでスペイン語に訳させたのですが、何カ所か飛ばして訳されたりしました。なるべく多くの人に買ってもらおうと、とても安く本を売ろうとしたからでした。

バルセロナ市のマウッチ出版

そういうキツネのような振《ふ》る舞《ま》いもしましたが、南米でエマヌエーレは、自由と伝統を大衆に広めるためのアイデアの持ち主としてよく知られていました。

1937年バルセロナ市で、エマヌエーレ・マウッチは亡くなりました。町の最も重要な墓地に、モニュメントのような墓が建てられ葬《ほうむ》られました。

想いとことば

左側の男性の本屋：

「本を売りたいにのに、どうして誰も来ないのかな、チェチリア?」

右側の女性の本屋：

「お客さんたちは、あそこの荷車の露店のようにたくさんの本から選びたいからよ。
きっともうすぐお客さんは来るわよ」

友だちといっしょに作業をするのは、楽しかったです。モンテレッジォ村の本屋にまつわる、たくさんの興味深いことを調べました。とてもよかったです。色ぬりや絵を描いたり静かに文を書いたりしたのは、ほかにはない冒険でした！ フランチェスカ先生といっしょにいることができて、うれしいです。いっしょにいて先生と話すのが大好きだからです。

ダニエル

本作りに参加するのは、とても楽しかったです。絵を書いたり色をぬったり、文を書けたからです。ぼくの村モンテレッジォの事実やできごとを新たに知ることができました。学校の友だちとグループで作業をして、とても楽しかったです。

マッシモ

この企画が大好きでした。友だちといっしょにとても楽しみました。書いて、読んで、話を聞いて、話し合って、描いて。皆でモンテレッジォ村へ行き、学校だったところを訪ね、昔、いろいろな年齢の子供たちがいっしょにいた小さな教室を見ました。先生は、私たちがモンテレッジォ村とその旅人についての本を書くのを手伝ってくれました。

ガイア

企画が大好きでした。たくさんの絵を描いたり色をぬったり、昔のことを話したり、習ったりしたからです。中でも最も面白かったのは、本屋がひげそりのカミソリ用の研石をかついで旅に出て、それを本に代えていた話でした。

アリーチェ

友だちと毎週土曜日の朝、学校へ行きました。モンテレッジォ村の本屋の物語について本を書くためでした。本には私たちが描いた絵が鮮《あざや》かな色つきで載《の》っていて、文の部分はフランチェスカ先生が手伝ってくれました。ジャコモは、聞いたことのない話をしてくれました。

メメ

企画に参加し始めて、新しい経験ができるのがうれしかったです。書いたり、描いたり、ジャコモから話を聞いて新しいことを知ったりするのが楽しかったです。友だちといっしょにモンテレッジォ村の本屋についての本を作りました。この企画に参加できなかった子供たちが気の毒です。こんなに楽しいことを味わうチャンスを逃したからです。

エドアルド

私が最もびっくりしたのは、モンテレッジォのような小さな村に最初の出版社のひとつを作った人が生まれ、世界中にたくさんの本を売りにいった、ということでした。モンテレッジォ村を訪ねて、教会や本屋の記念碑、広場、一方から人間がもう一方からは動物が水を飲んだ古い井戸を見て、とても楽しかったです。

マリア・セッラ

モンテレッジォ村について本を書くことは、とても楽しかったです。昔のことを知り、山に張りつくこの村からたくさんの人が本を売りに世界中へ発っていったことを知りました。本を書くのが楽しかったのは、この本が世界中で読まれるかもしれないと思ったからです。ジャコモと知り合いました。ぼくが住んでいる近くの村の、知らなかったことをたくさん話してくれました。ぼくたちの本が世界中に売れたら、ぼくも有名になります。

エマヌエーレ・F

この企画は、とてもよかったです。なぜなら、モンテレッジォ村の本屋の歴史を私たち子供が書けたからです。個人的には、年鑑の絵を描いたのが大好きでした。手の中に収まるほどのものすごく小さな本です。私は、木のいすに座った男の人を描き、机の上にはその人が星や月を観察するための望遠鏡と本、世界地図が置いてあるのを描きました。

ソフィア

友だちといっしょに体験できてとてもよかったです。モンテレッジォ村の本屋の古い話を聞き、たくさんの歴史を習いました。どの話にもとても驚きました。そんなに長い距離をかごに本を入れてかつぎ歩いたなんて、思ってもいませんでした。友だちとフランチェスカ先生とジャコモといっしょに本を作れて、私はとても幸せになりました。

エンマ

この企画に参加するのはとても面白かったです。なぜなら、モンテレッジォ村についてや、昔本屋がしていたことを知ることができたからです。グループで作業をしてたくさんの絵を描いたのは、とても楽しかったです。私は美術が大好きなので、想像力を全開にしました。

イザベル

何日もかかってこの本を作るために作業をしています。できあがったら、ぼくは大変に自分のことを誇《ほこ》りに思うでしょうし、友だちもとても幸せでしょう。

ロレンツォ・D

この経験はとても楽しかったです。友だちといっしょにできたし、モンテレッジォ村の本屋の歴史を知ることができたからです。本屋の歴史と合わせて、私たちが描いた絵も載ります。この本作りに参加できたことにドキドキしています。

レベッカ

だいぶん前から土曜日の朝も学校に行っていました。学校の企画に参加するためです。モンテレッジォ村の本屋の歴史についての本を作るのです。ビデオを見たり、文を書いたり、絵を楽しく描いたり、色ぬりをしたりしました。グループに分かれました。ひとつのグループにはジャコモがついて、もうひとつにはフランチェスカ先生がつきました。グループの作業は、ほかにはない最高に楽しい経験でした。

ルーカ

今年学校で、モンテレッジォ村の本屋の歴史について本を書く機会に恵まれました。毎週土曜日に集まって、二人の大人、フランチェスカ先生とジャコモ・マウッチさんに手伝ってもらいながら作りました。ぼくたちが作っている本は他の町へ移動した本屋の話で、彼らは密売人になりました。警察に逮捕されるかもしれない危険をせおって、禁書を売っていたからです。楽しくて面白い、ほかにはない経験となりました。この年齢でこんなに重要な本の作家になれるなんて、そうあることではないからです！ ぼくの友だちや祖父母、叔父叔母が本に書いたぼくたちの想いを読んでくれるのを考えると、うれしいです。それを考えると、自分がとても重要な人物になったように感じます。

アンドレア・T

この企画はとても面白かったです。モンテレッジォ村の本屋や、フランチェスコ・フォゴッラのような重要な人物のことを話しました。ぼくが驚いたのは、見つかると警察につかまるかもしれないような本をかごに隠し持って旅をしたことでした。そこまでしたのは、皆に本を届けたかったからです。この企画のおかげで、もっと勉強できてよりたくさんの時間を友だちと過ごせました。モンテレッジォ村への遠足は、ものすごく楽しかったです。

ロレンツォ・B

この本は私たち子供のファンタジーを見せ、モンテレッジォ村の昔の本屋のについて話してくれます。この本はすばらしくて、創造性に満ち、面白いです。本当に古い話で、聞くに値します。グループに分かれて友だちと作業をするのは、とてもよかったです。本のために、私の想像力をすべて使って絵を描きました。ジャコモは知識がありよい人で、本作りを手伝ってくれました。書いて、描いて、色をぬり、いっしょうけんめいに聞きました。モンテレッジォ村への遠足は、雨降りの朝でしたが楽しかったです。

コスタンツァ

この本は、ぼくたち子供の創造性が豊かに詰まっています。モンテレッジォ村はムラッツォ村区にある山の中の小さな美しい村で、その本屋の話について書きました。とても面白い話で、いろいろな絵を話にそって描きました。ぜひ本を買って、友だちや親戚に回して広く読んでもらってください。読書はすばらしいです。書くのはすごくすばらしいです。皆書くことを試すといいです。なぜならぼくは、人と会ったり、調べたり、遠足に出かけたりして、話や考えをこのすばらしい本にまとめることができたからです。ここで下線を引いてでも言いたいのは、この本は“普通の子供たち”が二人の大人に助けてもらって書いたものであるということです。フランチェスカ先生とジャコモ・マウッチさんです。ジャコモさんと日本のジャーナリスト、内田洋子さんは友だちで、ぼくたちも彼女と知り合いになれて幸せです。

アンドレア．S

友だちといっしょにこの本を作るために、いっしょうけんめいに参加しました。ぼくたち全員が重要な役割を果たし、二年生のクラスのフランチェスカ先生とモンテレッジォ村の専門家ジャコモさんに指導してもらいました。二人は、二本の大黒柱でした!!! あまりたくさんの時間がありませんでしたが、とてもよい仕事ができたと思います。モンレッジォ村を訪ねて、汚れて古びた洋服を着て"昔の本屋"になって、おじいさんおばあさん、おじさんおばさんの蔵の中を調べました。ぼくたちの本を気に入ってもらえますように。なぜなら、楽しみながらせいいっぱいがんばって作ったからです。

ミケーレ

毎週土曜日に学校へ行き、学校の友だちとグループになって、フランチェスカ先生とジャコモといっしょにモンテレッジォ村の本屋の話を本にまとめました。とてもよい経験で、楽しくて興味深く、熱中しました。簡単な作業ではありませんでしたが、皆で自分の持つ力の最高を出そうとがんばりました。いろいろな役割の中でぼくがまかされたのは、本を読んでいくうちに出てくる、いろいろな人物の肖像《しょうぞう》画《が》でした。うまくいきました! たくさんの人が買ってくれますように。……もしかしたら、ぼくたちは有名になるかもしれません。

アレックス

この本を書くのはとても楽しかったです。10歳にして、私にこんなことができるなんて想像もしませんでした。モンテレッジォ村に住んでいますが、これまで知らなかったたくさんのことを知りました。書くのは楽しかったですが、絵を描くのはもっとたしかに楽しかったです。絵がうまい、と皆が言ってくれます。私の大好きなことです。本作りに役立つことができて幸せです。

ジャーダ

モンテレッジォ村生まれの子どもとして、自分の村についてはすべて知っているつもりでした。でも、それは大きなまちがいでした。この経験のおかげで、これまで聞いたことのなかった歴史をたくさん知りました。本屋がすべての本を売ることができなかった時代があったり、警察につかまったかもしれなかったなど、知りませんでした。一番わくわくしたのは、エマヌエーレ・マウッチの人生です。両親の家を売って、世界で本を売る夢のために生きました。ぼくと同じくらいの年齢の子供たちが本の入ったかごを肩に山を越えて小さな村にまで本を売り歩いた話をジャコモから聞いて、世の中に簡単なことはないのだ、とわかりました。この企画に参加したおかげです。

エマヌエーレ. A

ぼくは、この企画に参加した一番小さな男の子です(当時、5歳)。絵を描いて色ぬりするのがものすごく楽しかったです。本屋の話は知りませんでした。ぼくはモンテレッジォ村に行ったことがありませんでした。行って、昔学校があったところや広場や井戸、本屋の写真がたくさん載っている大きなポスターを見ました。

ロレンツォ. S

まとめ

モンテレッジォ村の本屋たちはどれほど歩いたことでしょう！どんなに大変な歴史だったことでしょう！

私たちにも大変な旅でしたが、とても楽しかったです……。そして、これから何をしましょうか？

知るための道のりは長く、私たちはまだ入り口にいます。でもけっして止まりません。いや絶対に！

新しい旅の仲間に出会えますように。いろいろな人に会いたいです。私たちのように好奇心でいっぱいの子供たちや、答えを教えてくれたりなぞなぞをしてくれたり、物語を話してくれる大人たちに会えますように。

風の声や川の流れ、森の闇《やみ》、飛ぶタカ、歌の楽譜《がくふ》、忘れられてしまった村、騒がしい都会の中に隠れていること……、いろいろなことを知りたいです。

かごをかついだ本屋の出発

本の著者達

参考文献一覧

Intervista Cagnolati Rossana
Intervista Giovannacci Vilma
Intervista Maucci Emilia Clotilde
Intervista Pavan Camillo
Intervista Tarantola Bruno
Intervista Tarantola Renato

Archivio Privato Ass. "Le Maestà di Montereggio"
Archivio Storico Comune di Mulazzo
Archivio Storico Parrocchia di Monterggio
Archivio Privato Fogola Fiorella
Archivio Privato Lazzarelli Luigi
Archivio Privato Lazzarelli Roberto
Archivio Privato Maucci Giacomo
Archivio Privato Razzini Renato
Archivio Privato Sola Lorenzo
Archivio Privato Tarantola Luisa
Archivio Privato Famiglia Tavoschi
Archivio Istituto Luce

Avvenire, Roma, 02/01/2000.
Corriere Apuano, Pontremoli, 23/06/1913
Corriere Apuano, Pontremoli, 22/10/1952
Corriere Apuano, Pontremoli , 22/08/1953
Corriere Apuano, Pontremoli , numeri vari 1914-1918
Osservatore Romano, Città del Vaticano, 30/09/2000
Osservatore Romano, Città del Vaticano , 01/10/2000
Osservatore Romano, Città del Vaticano , 02/10/2000
Osservatore Romano, Città del Vaticano , 03/10/2000

Corriere della Sera, Milano, 04/09/1917
Caffaro, Genova, 04/09/1917

AAVV, Il Mensile Apuo Lunense, Carrara, Italia Nostra.
AAVV, Villafranca nel Ducato di Parma, Pontremoli, Ass. Manfredo Giuliani, 1971.
AAVV, Giornale Storico della Lunigiana, La Spezia, Ist. Internazionale di Studi Liguri, 1983.
AAVV, Scritti sul commercio librario in Italia, Roma, Archivio Izzi, 1986.
AAVV, Almanacco del Bancarella, Pontremoli, Unione Librai Pontremolesi, 1991.
AAVV, La fabbrica del libro, Volumi 3-4, Arte Tipografica, 1997.
AAVV, Per Terre Assai Lontane. Cento anni si emigrazione lunigianese e apuana, Sarzana, Comunità Montana della Lunigiana, 1998.
AAVV, Almanacco Pontremolese, Pontremoli, Centro Lunigianese di Studi Giuridici, 2009.
AAVV, Almanacco Pontremolese, Pontremoli, Centro Lunigianese di Studi Giuridici, 2015.
Angella A., Vita e morte al tempo del colera in una comunità rurale della Lunigiana Parmense,Villafranca, Ass. Manfredo Giuliani, 1989.
Barducci M., Almanacchi, lunari, calendari e strenne, Firenze, Comune di Firenze, 2006.
Bazil O., Parnaso dominicano, Barcellona, Editorial Maucci, 1915.
Berengo M., Intellettuali e librai nella Milano della Restaurazione, Torino, Enaudi, 1980.
Berengo M., Cultura e istituzioni nell'Ottocento italiano, Bologna, Il Mulino, 2004 .
Bononi L. J., Jacopo da Fivizzano prototipografo, Brescia, Fausto Sardini Editore, 1971
Bononi L. J., Libri & Destini: La cultura del libro in Lunigiana nel

secondo millennio, Lucca, Maria Pacini Fazzi Editore, 2000.
Brame C.M., Nobleza Y Miseria, Barcellona, Casa Editorial Maucci, 1936.
Caddeo R., La tipografia Elvetica di Capolago. Uomini, Vicende, Tempi, Milano, Ed. Alpes, 1931.
Cavalli G.,La Castagna. Raccolta lavorazione ed uso nella tradizione e nel folklore lunigianesi, Pontremoli, Artigianelli, 1984.
Ciardi M, Galileo & Harry Potter. La magia può aiutare la scienza ?, Carrocci Editore, 2014
Ciardi M. e Gaspa P.L., Frankenstein. Il mito tra scienza e immaginario, Carrocci Editore, 2018
Circolo Culturale Piero Ravasenga, Romeo Giovannacci: una vita tra i libri, Casale Monferrato, 2004
Díaz Quiñones A., 1898: Hispanismo y Guerra. Vol. 39, Lateinamerika Studien, 1998.
Eco U., Carolina Invernizio, Matilde Serao Liala. Firenze, Ed. La Nuova Italia, 1979.
Formentini U., Studio Monastero di Santa Maria, Parma, Archivio Storico delle Province Parmensi, 1935
Fossati A., Pagine di storia economica sabauda: 1816-1860, Torino, Ed. Giappichelli, 1940.
Franchi G. - Lallai M., Da Luni a Massa Carrara - Pontremoli. Il divenire di una diocesi fra Toscana e Liguria dal IV al XXI secolo, Modena, Aedes Muratoriana, 2000.
Fruzzetti G., In Mulazzo, Sassari, Editoriale Documenta, 2017.
Galanti L., Un feudo un Santuario, Montereggio, Pro Loco Montereggio, 1976.
Gerini E., Memorie storiche d'illustri scrittori e di uomini insigni dell'antica e moderna Lunigiana vol. 2, Massa, Pier Luigi Frediani Tipografo Ducale, 1829.
Giangiacomi P., Ernesto Fogola, Ancona, Ed. Fogola, 1923.

Greci A., Escursioni in Lunigiana, Padova, Idea Montagna Ed., 2017.
Istituto Internazionale di Studi Liguri, Giornale Storico della Lunigiana, La Spezia, Istituto Internazionale di Studi Liguri.

Johnson A., Book Towns: Forty Five Paradises of the Printed Word, Londra, Frances Lincon, 2018

Llanas M., Notes sobre l' Editorial Maucci il es seves traduccions. Quaderns: Revista de Traducció, Barcellona, Universitat Autonoma de Barcellona, 2002.

Lanzi L., Francesco Fogolla Missionario e martire, Parma, Frati Minori Convento SS. Annunziata, 1996
Lanzi L., Francesco Fogolla apostolo in Cina, Parma, Frati Minori Convento SS. Annunziata, 1997.
Lanzi L., Francesco Fogolla e i martiri cinesi. Raccolta iconografica, Parma, Frati Minori Convento SS. Annunziata, 2000.
Mangani G., Editori e Librai nell' Ancona del Novecento,Ancona, Il Lavoro Editoriale, 1998.
Martin L., Los parnasos de la Editorial Maucci: Reflejos del ocaso de la hegemonía colonial, Selinsgrove, Susquehanna University, 2015.
Martinelli G. B., Origine e sviluppo dell'attività dei Librai Pontremolesi, Pontremoli, Tipografia Martinelli, 1973
Martinelli G. B., I Librai Pontremolesi. Storia esemplare di un meraviglioso mestiere, Mulazzo, Ed. Tarka, 2015.
Martínez Rus, Ana. "El comercio de libros. Los mercados americanos." Historia de la edición en España. Dir. Jesús A. Martínez Martín. Madrid: Marcial Pons, 2001
Palau i Dulcet, Antoni. Memòries d' un llibreter cátala. Barcelona: Llibreria Catalonia, 1935.
Ranci Ortigosa De Corte P., 1848: Un ragazzo alle cinque giornate di

Milano, Milano, Xenia, 1990.
Repetti A., 1840-1851: Luigi Dottesio da Como e la Tipografia elvetica di Capolago, Roma, Tipografia Nazionale, 1887.
Serrano de Wilson E., Elmundo literario americano. Buenos Aires, Editorial Maucci Hermanos, 1903.
Solari G., Almanacchi, lunari e calendari toscani tra il '700 e '800, Firenze, Casa Ed. Leo, 1989.
Stommel H. e Stommel E., L'anno senza estate, Roma, Le Scienze, 1979.
Turi G., Storia dell'editoria nell'Italia contemporanea, Firenze, Giunti, 1997
Uchida Y., Montereggio Vicissitudini di librai viaggiatori da un paesino, Tokyo, Hojosha Publishing Co.,Ltd.,2018
Zanzi L., Un ventennio di vita varesina dal 1850 al 1870. Memorie attorno al dott. Ezechiele Zanzi, Como, Ostinelli, 1889.

Wood G., Tambora, the eruption that changed the world, Princeton, Princeton University press, 2015.

www.montereggio.eu
www.archivesenligne.pasdecalais.fr
www.culturainternazionale.worldpress.com
www.historyrazors.wordpress.com
www.gallica.bnf.fr
www.razorlovestones.com
www.v1.zonezero.com

受賞歴一覧

Rassegna Leteraria Internazionale "Libri nel Borgo Antico"
Vincitore Sezione Giovani
Bisceglie, Italia, 2018

Premio Letterario internazionale delle arti letterarie "Thesaurus - La Brunella"
Vincitore Sezione Giovani Promesse
Aulla, Italia, 2018

Concorso Letterario "10+1 Pagine di Territorio. Storie di Uomini e Paesi"
Premio Speciale della Giuria
Livorno Ferraris, Italia, 2019

協力
公益社団法人 日本ユネスコ協会連盟
東京都目黒区立五本木小学校